いつかあなたに逢えたなら

KATAOKA
片岡

CHOCOLAT
BUNKO

ILLUSTRATION yoco

C O N T E N T S

その庭園は、色鮮やかな花と緑で埋め尽くされていた。

鈴蘭《すずらん》のような小さな花もあれば、薄紫色のカンパニュラ、淡いピンクに色付いたポピーもある。だが中でも一番目につくのは、白い薔薇《ばら》の花だろう。薔薇は入り口から奥の小道に至るまで、庭園を白く染めるように花を咲かせている。

花の絨毯《じゅうたん》の周囲には、古い煉瓦《れんが》の塀があった。円形に、大人の背丈をゆうに超えるほどの高さで作られたそれは、庭をぐるりと囲っている。塀にはところどころ蔦《つた》が這い、陽が当たらない場所には苔《こけ》が生えていた。劣化し石が欠けている箇所もあるが、元が丈夫なためか崩れてはいない。

そんな塀があっても閉塞感《へいそくかん》がないのは、庭園自体が広く、色とりどりの花を咲かせているからだろう。それに塀は庭を封鎖するためというよりは、外界と日常を遮断するために作られているようである。

事実、庭園から外が見えることはない。外からも庭園は見えず、騒音が聞こえることもない。不要なものを排除し美しいものだけで構成されたそこは、まるで御伽話《おとぎばなし》の世界のようである。

中央には、枯れた大きなシンボルツリーがある。その奥には硝子《がらす》の温室があり、手入れされた赤と黄の花が見えた。

その庭園に、蒼生《あおい》はいた。

一眼レフのカメラを手に花の間を進み、時々立ち止まると、蒼生は花を撮る。

パシャリ。

静かな庭園に、シャッターを切る音が響く。

その音に驚いたのか、近くで花の蜜を吸っていた小鳥が飛び立った。逃げるように中央の枯れ木に止まった鳥に、蒼生はカメラを向ける。だがこれ以上驚かせるのも気の毒で、一枚だけ撮ってカメラを下ろした。

自分も木の下に行くと、土を払って根元に座る。小鳥は蒼生と入れ替わりに飛び立ち、再び花に寄って嘴《くちばし》をつけた。その様子を見て、蒼生は目を閉じる。

木に凭《もた》れ掛かり大きく息を吸うと、花の香りがした。耳を澄ませば葉の音と鳥の声が、優しく耳に響く。

どのくらいの間、そうしていたのか。

突如《とつじょ》耳に入った鳥の飛び立つ羽音に、蒼生は目を開けた。はっとして時計を見ると、随分長く庭園に留まっていたことに気付く。

蒼生は慌てて、庭園の出口へ向かった。煉瓦に掛かる蔦の葉を掻き分けて、重い古びた扉を開ける。外に出て扉を閉めると、首に掛けていた紐を引き出し、その先に付いた小さな鍵で施錠《せじょう》した。かちりと錠が鳴るのを確認して、蒼生は扉に背を預けた。

庭園の前には、深い森が広がっている。森の向こうには、大きな屋敷が見えた。屋敷の先には芝生の敷き詰められた庭や、門に続く長い石畳の道がある。それら全てを隠すように高い塀が囲っており、この敷地を特別な場所にしていた。

それほどに、この敷地は広かった。それが都内の一等地にあるのだから、並みの金持ちでは、到底住むことができないような場所である。

その屋敷に、蒼生はいた。

住み始めて、もう二十年ほどになる。だが蒼生は此処《ここ》で生まれたわけではなく、蒼生の両親がいるわけでもない。蒼生がこの屋敷で暮らしているのは、十一年間、この屋敷で働いていたためである。

だがその職は庭師や使用人などという、真っ当なものではない。

娼婦。

それが、蒼生の仕事だった。それは性的な知識が皆無《かいむ》だった幼少の頃からで、蒼生は十八を過ぎるまで、その意思を伴《ともな》わぬままに働かされていた。望まぬ性行為を受け入れ、見知らぬ男に性奉仕をし、この屋敷の主《あるじ》の商品として生きてきたのである。

二十六を過ぎた今、蒼生はその仕事を既に降りている。にもかかわらず、この良い思い出があるとは言えない屋敷に留まっているのは、蒼生自身がそれを望んでいるためだった。

＊　＊　＊

「彼の名は、蒼生です。と言っても、このお屋敷で呼ばれていた名に過ぎません。戸籍が定かではないので苗字はありませんし、名前も誰かが源氏名《げんじな》として付けたものでしょう。本人もそのことは自覚しています」

十二年ぶりに戻った屋敷の一室で、桐ヶ谷律《きりがやりつ》は「父親の代理人」を名乗る男にそう言われた。

名を片瀬《かたせ》と言い、律に屋敷に戻るよう通達してきた男でもある。

この男に急に呼び戻されたことで、律は初めてここ数日で起きた「事件」について知った。

事件。

それは律の父親が自殺した、というものである。

数日前、律の父は屋敷の一室で首を吊って死んだ。息絶え動かなくなっていたところを、この代理人に発見されたという。

律が話を聞いた時、その片付けは全て終わっていた。片付けとは遺体の片付けであり、埋葬《まいそう》であり、その他もろもろ父親に関わる全ての処理である。

父の自殺を知った時、律は心のどこかで驚き、しかし別のところでは驚かなかった。

驚いたのは父がどんな理由であれ、自ら命を絶つような殊勝《しゅしょう》なタイプだとは思っていなかったからである。そして驚かなかったのは、父が自殺をする要因など、探せばいくらでもありそうだと思ったからだ。

そもそも律が長く帰らずにいたのは、「自殺をしてもおかしくないような父」が家にいたためである。父と顔を合わせたくないという理由で律は高校の頃に家を出ており、屋敷に戻ってきたのは、それ以来初めてだった。

事件の詳細は、こうである。

まず、律の父親は表向きの事業である「生花の販売」以外に、人間の売買を行っていた。売買されていた人間の大半は、未成年どころか義務教育すら終わっていない、幼年期を明けたばかりの子供である。その子供に性的な奉仕の教育をした上で、小児性愛者を相手に販売していた。客は、主に政治家や有力な企業家などである。表の生花の販売事業を通じて作ったコネクションを使って、商売をしていたらしい。

そこまでは、良かった。

犯罪ではあるが、誰にも――それこそ妻や、一人息子である律にも――知られることなく、ビジネスを続けていたのである。

だがある日、週刊誌の記者にばれた。ただ、ばれたのは律の父親の悪事そのものではなく、少年を購入していた政治家の男の方らしい。

どういう経緯で、どこまで知られたのか。それは、解《わか》らない。だがもしこのことが世間に知られれば、男は政治家生命はおろか、社会的地位も失うだろう。それを理解していたために、男は事態の収拾に努めた。持てる全ての手段を使い、「何事もなかった」状態を作り上げたのである。

だが律の父親に限っては、それで済まなかった。何せ、あまりに多くの証拠を持っているのだ。その男自身が全てを隠蔽《いんぺい》しても、律の父が口を割れば意味がない。

そのことを、男は恐れたのだろう。口を完全に封じるために、律の父に自殺を強《し》いるに至った。

「それからのことは」

片瀬は、自分で用意した紅茶を一口飲む。

「政治家の先生が、全て処理をしました。お父上は都心から離れた場所に、商品を『育成』するための施設を持っていたのですが、そちらも先生が処理を。表向きは、身寄りのない子供を保護するための施設だったようです。そこで、売られる前の子供を育てていました」

「何も知らなかった」

想像もしていなかった事実に、律は眉を寄せた。

「それは、一体いつからの話なんだ」

「律さまが小学生の頃です」

「俺が小学生の頃から、今のいままで？」

「はい」

「冗談だろう」

律はため息をつきながら、眉間を手で押さえる。

父親が碌《ろく》でもない人間だと、以前から思ってはいた。息子である自分にすら言えないことをしてきたことも、薄々察していた。だが、まさか自分が幼少の頃から自分と同じ齢《よわい》の子供を売買していたなど、想像もしていなかった。

「そんな昔から、俺や母親に隠れてそんなことを――……」

吐き気を催《もよお》しながら言った言葉を、律は止めた。

今更、過ぎたことを話しても意味がない。言ったところで父は死んでいるし、父の悪行にも悲惨な最期にも興味はない。それよりも気になるのは「父の悪行のその後」である。

「それで、その子供は？」

律は改めて、片瀬に向き直る。

「今は、どうなっているんだ」

「その政治家先生が、全て対応をしています。子供達は全員、然《しか》るべき施設に保護されました。その施設には、先生自身もポケットマネーで寄付をしたそうです。特に報道はされていませんが、寄付は何かの時の保険でしょう。いずれにしてもかなりの根回しはしたはずですし、お父上の『事業』については、影も形もありません」

「ということは、親父《おやじ》の死をもって一件落着か」

「言葉が悪いですが、その通りです」

「俺が黙ってさえいれば、この話は表に出ることはない」

「ええ。律さまにとっても、秘匿《ひとく》しておいた方が身のためです。知られれば父上亡き今、晒《さら》されるのは律さま自身になります」

「なるほど。それなら俺は何も知らされないまま、ただ親父が自殺したことを教えてもらうだけで良かった。俺が知ったとなれば今度は俺が、その政治家先生とやらに消されることになる」

「ええ、確かに。ですが、そう簡単な話でもないのです」

片瀬は突然立ち上がり、よれていたシャツを正す。

律は、再び眉を寄せた。今しがた全てが片付き、事業は跡形もないと言ったばかりではないか。

「どういう意味だ」

「会っていただきたい方がいます」

未だ座ったままの律を、片瀬は見下ろす。

「律さまに屋敷に戻るようお願いをしたのは、それが理由です。お父上のことも、お父上の事業のことも、もう律さまが気にする必要はないでしょう。ですが、片付いていない問題がひとつだけ」

片瀬は、律についてくるよう視線で促す。律は従った。

この屋敷は、大きい。二階建てではあるが、部屋の数は両手では足りないほどである。律の祖父の代に建てられたもので、古くはあるが立派な洋館だった。細かな細工があちらこちらに施《ほどこ》されており、外観も内観も美しい。

律は此処で、中学生までの時間を過ごした。その後は父親を疎《うと》んで家を出たために、律が屋敷にいたのは人生の半分程でしかない。

それでも、少年期を過ごした家である。まるで他人の屋敷のように自宅を案内されるのは、妙な気分になる。

やがて、片瀬は一つの部屋の前で止まった。扉を開けて一歩下がると、律に先に部屋に入るよう促す。

中に入ると、自分の見知った風景の中に、ひとつの違和感がある。

違和感は、青年だった。自分とあまり歳が変わらない青年が、全身を黒い喪服《もふく》に包んで椅子《いす》に座っている。肌も髪も色素が薄く、黒が際立って見えた。だが何より印象的なのは、硝子玉のような目だった。大きく開かれた目が、まっすぐに律を見ている。

律は、すぐに視線を片瀬に向けた。目で「説明しろ」と伝えると、片瀬は律の反応を予想していたようである。

「彼の名は、蒼生です」

片瀬は、表情ひとつ変えない。

「と言っても、このお屋敷で呼ばれていた名に過ぎません。戸籍が定かではないので苗字はありませんし、名前も誰かが源氏名として付けたものでしょう。本人も、そのことは自覚しています」

「戸籍がない？」

「はい。彼は、お父上の遺産でして」

片瀬は律が理解していないことを察したのか、部屋の奥に進み蒼生という青年の横に立った。自分が説明をするより、本人に話をさせようと思ったのだろう。

「蒼生、挨拶をしなさい」

片瀬の言葉に、蒼生は素直に立ち上がる。

背丈は律よりも低いが、それでも律が想像していたほど小さくもなかった。自分を見るのは初めてのはずなのに、まったく物怖《ものお》じをしていない。それどころか笑みを浮かべ、何かを期待するような表情すら見せている。

「律さん、ですよね……？」

蒼生はぱちぱちと瞬きをして、律を見る。

「蒼生、と申します。旦那《だんな》様のことは、お気の毒なことで――……」

「待ってくれ」

まだ続けようとした蒼生を、律は止めた。眉を寄せ、律が見たのは蒼生ではなく代理人である。

「こんな形式上の挨拶は、どうでもいい。つまり、どういうことなんだ」

「彼は、貴方《あなた》のお父様が取り扱っていた『商品』のひとつです」

急かす律に、片瀬は説明する。

「お父上がこの屋敷で、直々に取り扱っていた商品です。通常、商品は子供のうちに売却されます。ですが、彼は幼少の頃にこの屋敷で引き取られて以来、ずっとお父上の客人に対して接待をしていたようで」

「接待？」

「つまり、性的な奉仕をしていたという意味ですよ」

片瀬の口調は軽く、とても重大な事実を言うような声ではない。

「お父上の客人には、そういった接待を好む人間が多かったのでしょう。客の中には、実際に子供を買っていた人間もいたはずです。今となってはそのリストすらないので、どれほどの客がいたのかも定かではありませんが。彼はその客人の相手をするために、長年屋敷に置かれていたようです。医者の話では、健康状態は良好。虐待《ぎゃくたい》の跡もありませんし身なりもこの通りですから、金持ち相手の高級娼婦だったとでも言えばいいのか」

律は、蒼生に視線を戻す。

確かに、蒼生は綺麗な顔をしていた。自分の周りを探しても、これほど整った顔をした人間はいない。男でも、娼婦をしていたと言われれば納得してしまう見目《みめ》ではある。

だがそれでも、「はいそうですか」とは受け入れられなかった。あまりに唐突な話だし、何よりその「負の遺産」を紹介される意味が律には解らない。

「それで、この『元商品』を俺に紹介した意図は何なんだ」

目の前の存在を受け入れられないままに、律は尋ねる。

「問題がまだ、全て片付いていないことは解った。それで、俺はどうすればいい」

「ええ、お屋敷にお呼び立てしたのは、そのことでして」

漸《ようや》く本題に入ったと、片瀬は息をつく。

「彼は、既に成人しています。ですから引き取り先の施設がなく、此処に留まっているんです。そもそも、父上は自殺の際に彼の引取先を探したのかどうか。先ほども申しました通り、通常、商品となる人間は子供のうちに売り払ってしまうのです。成長すれば自我が出てきますし、扱いも面倒になり、金も掛かります。だから子供のうちに処分していたようなのですが、彼はあえてお父上が引き取って、長年手元に置いていたようなのです。つまり、お父上の商品の中でも特別……死の間際まで近くに置いて自分の世話をさせていたようですし、お気に入りだった、とでも言えばいいのか」

「お気に入り……」

律は、言葉を繰り返す。

蒼生は、律を見ていた。瞳は相変わらずガラス玉のように美しく、潤んできらきらと光っている。肌の色は白く、手入れされた髪は少し動くだけでさらりと揺れ、上等な喪服がそれを際立てている。

だがその全てに、律は嫌悪《けんお》を覚えた。

他人に対してこれほどの不快を感じたのは、初めてだった。蒼生のような見目いい人間の視線や表情は、通常、人に好感を与えるものだろう。だが見目がいいからこそ、蒼生が「娼婦としての仕事」をしていたことが容易に想像できる。

何より、「お気に入り」という言葉が頭に残った。

父親が特別に扱っていたお気に入りの娼婦。

その言葉は、父との性交を思い起こすのに十分である。

代理人の言う通り蒼生が幼少の頃にこの屋敷に来たのだとしたら、自分もこの屋敷にいたはずである。それに、母親もいた。それなのに、父はこの見目だけは異様に美しい青年を、同じ屋敷の中で飼っていたことになる。

（吐き気がする）

感じるのは明確な嫌悪であり、生理的な拒絶だった。

「それで」

蒼生を見る気にもなれず、律は片瀬に視線を戻す。

「このお気に入りが、その政治家先生の処理の対象になっていないことは解った。それなら、これはどうするんだ。俺に、引き取り手を探せって？」

「いいえ、それはもう十分に検討済みのことですので」

嫌悪を隠さず言った律に、片瀬は首を振る。

「その必要はありません」

「それなら、どうするんだ。ますます、俺に紹介する意味なんてないだろう」

「ええ、つまり引き取り先は探さなくても構わないのですが、彼をこちらのお屋敷に留めていただきたいのです」

片瀬の口調は、相変わらず軽い。

だがさらりと流せるほど、話は軽くなかった。言葉の意をすぐに理解できず、律は乾いた笑みを漏らす。

「留める……？」

「はい。先ほども申しました通り」

律の反発を予想していたのか、片瀬は慌てない。

「彼には、戸籍がありません。ですから、容易に屋敷の外に出すわけにはいかないのです。せっかく収束した事態がまた燃え上がるのは、律さまも本意ではないでしょう」

「本意も何も、事件に関わったのは俺じゃない。死んだ親父だ」

「ええ。ですが、世間はそうは見てくれません」

声を荒げる律を宥《なだ》めるように、片瀬は淡々と説明する。

「もし事件が明るみに出れば、必ず律さまにも火の粉は飛ぶでしょう。何より、事件を隠蔽したはずの先生も許さない。蒼生はこの屋敷で、二十年近く暮らしていました。ですから屋敷のことには詳しいですし、本人も多少の家事くらいならできると言っています。使用人として、この屋敷に置くことが最良でしょう」

「使用人？　そんなもの要らない」

「それなら、ただの居候《いそうろう》でも構いません。いずれにしても、このお屋敷から出さないでほしいのです」

「おい待て！　そんな話、急に言われて受け入れられるわけないだろう！」

「律さん」

興奮のせいで、律の口調はどんどん荒くなる。だが張り詰めた空気を破るように、透き通った声が響いた。

声の方を見ると、蒼生が先程と変わらぬ綺麗な目をパチパチと瞬かせている。何かを期待するような視線に、律は目を眇《すが》めた。

「何だ」

「僕は掃除でも料理でも、簡単なことであればお手伝いすることができます。それにできないことでもできるように、努力をするつもりです。何かお役に立てることがあれば、申し付けてください」

律は無関心と嫌悪を露《あら》わにしているのに、蒼生はお構いなしに笑顔を向けてくる。

(冗談だろう)

まるで「これからは父親ではなく、貴方にご奉仕します」とでも、言われている気分になった。

自分は父親の事業にも、父親の趣味にも興味がない。それに何より父親が愛したというこの青年のことを、受け入れられる気がしない。

だが、律は口にはしなかった。

言ったところで仕方がないと、律は理解している。この話の大元には、父親を自殺に追い込んだ政治家の力がある。蒼生の保護は政治家からの命令だろうし、律が拒絶できるはずもない。

「幸いにも、このお屋敷は大きい」

律の無言を恭順《きょうじゅん》と受け取ったのか、片瀬は穏やかに目を細める。

「塀も高く、人目につくこともないでしょう。だからこそ、お父上はそういう商売ができたのかもしれませんが、いずれにしても、彼を世間から隠すにはこれ以上ない条件の整った場所です」

だから、この「提案」という名の「命令」を受け入れてくれないか。

片瀬はそこまで明確には言わなかったが、律はそう解釈し、話を承諾した。

＊　＊　＊

数日後、律は、引越しをしていた。蒼生をこの屋敷に置くと決めた以上、自分もこの屋敷に住まなければならない。律は一人で暮らしていた部屋を引き払い、屋敷に荷物を運んだ。

荷物は私物だけではなかった。パソコンやデスクなどの仕事道具一式も、屋敷の中に運び込んでいる。

それは、律が経営している会社の荷物である。会社と言っても父親のような一大事業をしているわけではなく、二年前、大学院卒業と同時に立ち上げたベンチャー企業だった。メンバーは、三人しかいない。共に律の学生時代の友人で、社員というよりはサークル仲間に近い。

その会社の拠点を、律は屋敷に移した。

蒼生が屋敷にいるということも、もちろん理由ではある。だが会社の業績が芳《かんば》しくなく、資金繰りに困っているというのも理由だった。屋敷にオフィスを移せばオフィスの賃料を削減できる。

「これから、この屋敷の一階の二部屋は仕事で使うことになる」

玄関の段ボール箱を端に寄せてから、律は自分を追って歩く蒼生に言った。

「だから、仕事中は邪魔をするな。というより、仕事中じゃなくても邪魔をするな。具体的には、何もしなければそれでいい」

「何も、ですか？」

「そうだ。いいか、お前の存在が万一世間に知られれば、大騒ぎになる。そうなれば、俺は仕事どころか普通の生活もままならない。それで終わればいいが、親父と同じように政治家の男に消されるかもしれない。もちろん、お前もな。だからそうなりたくなければ、何もしないでくれ。いいな？」

まるで幼い子供に言い聞かせるようだった。

律は蒼生を屋敷に置くことにはしたものの、できれば顔を合わせたくないし、関わることなく過ごしたい。

そもそも、蒼生の気にくわない点はいくつもあった。

まず、知性がないことである。代理人の話では、蒼生は幼い頃から娼婦として働いていた。であれば学校に行き、何かを学ぶ機会など皆無だっただろう。一般常識すら理解しない相手と話をするのは、それだけで苦痛になる。

それに、蒼生の喋り方である。蒼生はいつも、何かを窺うように律に尋ねてくる。「何かできることはないか」、「お手伝いできないか」。声を掛けられるたび、ご機嫌取りをされているようで不快になった。そもそも性的奉仕の他に何ができるというのか。

それに何より、父の「お気に入り」という点だった。父親は死ぬまで、身の回りの世話を蒼生にさせていたという。たかだか娼婦を身近に置くのだから、よほど気に入っていたのだろう。蒼生は見目が美しい。高値で取引をする高級娼婦としては、これ以上ない「出来」である。そんな娼婦と「何があったか」など、想像に難《かた》くない。

（こいつが娼婦として屋敷にいた頃、俺もおふくろも同じ屋敷にいたんだぞ）

それなのに父親は蒼生を抱き、蒼生が父親の愛人のように抱かれていたと思うと、言いようのない嫌悪が湧き上がった。仕方なく屋敷に置いてはいるが、到底受け入れることなどできない。

だが律の同僚も同じことを思ったかというと、そうではなかった。

「あれ？　これが律の言ってた子？」

蒼生を見つけるなり言ったのは、樋口達海《ひぐちたつみ》という男である。

達海は律と共に会社を立ち上げた人間で、同時に古い友人でもある。それこそ律が高校生の頃からの付き合いで、唯一無二の親友と言っていい。

達海は、やや変わった経歴を持っていた。律と同じ高校を卒業後、大学は医学部に進学している。その後医師免許を取得したものの医師としての病院勤務の道へ進まず、律と会社を立ち上げる道を選んだ。理由は「律と何かできる方が楽しそうだから」というもので、それほどに達海は律と親しい。

「話には聞いてたけど、ほんとに綺麗な子だねぇ」

達海は引越しの段ボール箱を担いだまま、感心して蒼生を見る。

蒼生の前で足を止めた達海から、律は視線を背けた。達海に蒼生の話をしてはいるが、この話題を避けたかった。律は蒼生を屋敷に置くことについて、基本否定的である。だが達海は蒼生に対して同情的らしい。

それは些細《ささい》な考え方の相違だが、喧嘩の種になった。話をすれば平行線で、着地点はあまりない。本来不要な争いをしたくないという意味で、律は蒼生について話したくないのである。

だが、達海はそうではないらしい。

「はじめまして」

段ボール箱を床に置き、達海は蒼生に手を差し出す。達海はもちろん、握手のつもりで手を出したのだろう。だが蒼生は意を理解できないのか、瞬きをして止まっている。

達海は構わず蒼生の手を取ると、勝手に握手をした。達海には、そういうところがある。

この明るさが達海のいいところではあるが、それを蒼生に向けるのが律には煩《わずら》わしい。

　わざとらしく二人から距離を取ると、律はひとり玄関の荷物を片付け始めた。

「俺は、樋口達海。聞いてるかな？　俺とか仕事のこと」

「はい、少しだけ聞いています」

「えっ、少しだけ？　おいおい律、ちゃんと説明しとけって言っただろ」

　達海が律を見たが、律は玄関先に置かれた段ボールに向き合い、二人への無関与を決め込む。

「ま、頑固者は放っておいていいや。蒼生くん、だよね？」

　達海は素直に、蒼生との初対面を喜んでいるようである。

「律から聞いてるよ。改めてよろしくね」

　蒼生の手を握る達海を嫌な気持ちで見ていると、玄関の外からがたりと音がする。音の方を見ると、大柄の男が箱を担いで入ってきた。体格がよくやや厳《いか》つい、達海とはタイプの違う人間である。

「ああ、あの段ボール担いでるツンツン髪の目つきの悪い奴は、彰《あきら》」

　蒼生が視線を向けたのを見て、達海は説明する。

「人相も悪いし口も悪いけど、見かけによらず結構頭がいい」

「おい達海、聞こえてんぞ」

達海の説明が不満らしく、屋敷の奥に進みながら彰が返す。

彰は確かにつり目で、人相がいいとは言えない。背が高く、黒いTシャツを着ているせいもあるのだろう。段ボールを肩に担ぐと、さらに威圧感がある。

「遊んでねぇで、お前も荷物運べ」

「はいはい」

彰が部屋の奥に消えて行ったのを見送ると、達海は再び蒼生に向き直った。

「彰も、俺と律と一緒に会社をやってるんだ。まぁ見ての通り強面《こわもて》だけど、根は真面目《まじめ》でいい奴でね。彰も蒼生くんのことはちゃんと聞いてるから、安心してね」

「聞いてる……？」

「そうそう。律と、一緒に住むことになったんでしょ？　でも律って無愛想だし家事もできないし話も面白くないから、そんなんで生活できるのかなってちょっと心配してたんだよね」

達海が、ちらりと律を見る。自分たちのことについて、何をどこまで話しているのか確認したかったのだろう。だが律が無視を決め込んでいると、達海は早々に諦めた。

「その感じだと、俺たちのことはあんまり聞いてないよね？　俺たちが何者で、何をしてるのかとか」

「一緒に、お仕事をされているということは聞いています」

「やっぱりそれだけ？　もう全ッ然律に期待できないから、俺が説明しちゃうけど」

　達海は、呆れ顔で腕を組む。

「俺たちはね、三人で会社をやってるんだ。社長が律で、俺は副社長。彰は共同設立者って感じかな。俺は律と古い付き合いなんだけど、彰は律が大学で誘ってきたんだ。すごく、優秀なエンジニアなんだよ」

「そうなんですか」

「うん。で、俺たちの会社はね、カメラを作ってるんだ」

「カメラ？」

「そ、カメラって解る？」

「解ります」

「そりゃそうか」

　ごめんごめん、と達海は頭を掻く。

「でもね、カメラって言っても普通のカメラじゃなくて、医療用のカメラなんだよ」

　身振り手振りで、達海はカメラの形状を伝えようとする。

「小型の、手術用のカメラを作ってるんだ。こう、細い管になってて、手術の時にお腹に入れるやつ。って言っても、別に撮影をするだけのカメラじゃなくてね。ＡＩを使って大量の医療画像を学習させて、手術中でもリアルタイムに悪性の細胞なんかを見つけることができるカメラなんだ。もちろん、優秀な医者であれば手術中に目視で異常を発見することはできるけど、全ての医者が優秀ってわけじゃないからね。でも律の技術を使ったら、人が数十年掛かって習得するようなことでも、一瞬でできるようになる。それこそ、凡人の医者でもベテランの医者と同じレベルの治療が可能に――……」

達海は楽しげである。

いつも、そうだった。相手が理解していようがいまいが、達海は何がそんなに楽しいのかとめどなく話をする。そういう姿を律は何度も見ているし、悪いことだとも思わない。

だがこの日に限っては、そう思えなかった。

「おい達海、喋ってないで手を動かせ」

これ以上達海が蒼生と話すのを聞くのが嫌で、律は声を上げる。

「ごめんごめん。すぐに荷物片付けるって」

荷運びを怠《おこた》っていたことを指摘されたと思ったのか、達海は謝罪した。

だが、律にしてみれば、達海の荷運びの「邪魔」をしていたのは蒼生である。その想いをそのまま視線に乗せると、律が何かを言う前に蒼生が反応した。

「お邪魔して、すみません」

蒼生は申し訳なさそうに言うが、律はそれで話を終わらせない。

「ああ、そうだな。何もするな、邪魔をするなと言ったばかりだ」

目を細め、不快感を露わにする。

ここまですれば、さすがに暫《しばら》くは黙って遠くにいてくれるだろう。

律はそう思ったが、蒼生は引かなかった。

「はい。でも」

蒼生は諦めず、なおも律に視線を向ける。

「お荷物を運ぶくらいなら、お手伝いできると思います。みなさんお忙しそうですし、僕もお手伝いをさせてください」

「そうか。だが人手は足りてる」

「それなら、運んだ荷物のお片付けくらいは――……」

「何もしなくていい」

蒼生の申し出を、律は拒絶する。達海を見て、苛立ちの矛先《ほこさき》を彼に向けた。

「大体、達海も達海だ。仕事の話なんか、こいつが解るわけがないだろう。話すだけ無駄だ。お前が無駄な時間を割くから、こいつが余計なことを言う」

「ちょっと、律」

達海は怒ったように眉を寄せる。

「そういう言い方は、どうかと思うんだけど」

「事実だ。こいつがお前の言ってることを、本当に理解できてると思うのか」

「思ってるよ。それにそもそも、律が何の説明もしてないのがいけないんだろ。前にも、蒼生くんと一緒に暮らすなら最低限のことくらい話せって言ったじゃん」

「ああ、お前の話はもう何度も聞いた」

返す律の口調は、やや強くなる。

「もう、耳にタコだ。それより、今日中に片付けるんだから、口じゃなくて手を動かせよ」

「いや、動かしてるし。ていうか、人手が足りてないんだったら、蒼生くんにも手伝ってもらえばいいじゃん」

達海の反論を、律は受け流した。これ以上話したところで、互いに折り合いがつくとは思えない。

律は二人に背を向けると、外に向かった。玄関の外には、まだ荷物が大量に残っている。それを片付けなければならないし、外に出てしまえば蒼生と話をせずに済む。

「ちょっと、律！」

外に出ると、達海が律を追いかけてきた。まだ一言、物申《ものもう》したいのだろう。だが蒼生をそのまま放置することに気が引けたのか、一瞬立ち止まった。

「じゃあ蒼生くん、また後でゆっくりね」

柔らかい口調で言うと、達海は再び律を追ってくる。

その後、達海が本当に「ゆっくり」蒼生と話をしたのかを、律は知らない。だが以降蒼生の姿を見なかったから、恐らく蒼生は自分の部屋に下がったのだろう。そうしてくれるのがありがたいし、これからも部屋に籠っていてほしいと律は思った。


引越しは、一日掛かりで終わり、律は屋敷で生活を始めた。

律の部屋は、かつて自身が使っていた部屋である。ただベッドは来客用にしていたもの
の方が綺麗だったため、取り替えた。

蒼生にも、律には元々彼が利用していた部屋をそのまま使わせている。蒼生の部屋は、
律の部屋とは反対側の二階奥にある。隅の部屋ではあるが、物置きというわけではない。

ベッドも家具も、それなりの衣類も揃えられている。

「これは、親父が用意していたのか」

部屋の様子を見に行って律が尋ねると、蒼生は頷いた。

「はい。全て、旦那様がご用意してくださっていました」

律は、思わず顔を歪める。

（息子でも親戚の子供でもない人間に部屋も服も与えて、何不自由ない生活を、か）

想像してはいたが、その事実を蒼生の口から聞くと改めて苦い思いがした。

代理人は「お気に入り」と言っていた。その言葉の意味を、この部屋が全て物語っている
気がする。上等な部屋に上等なベッド。蒼生が身にまとっている衣類もボロではない。と

ても商品として扱っていた娼婦のものとは思えず、蒼生が父親から特別な待遇を受けていたことが窺える。

(余程こいつの具合がいいのか、媚《こび》を売るのが上手いのか)

どう強請《ねだ》ったら、娼婦にこのような立派な部屋が与えられるのか。

聞いたところで、父親との吐き気がするような関係が出てくるとしか思えない。

「こんな立派な部屋があるなら、この部屋だけで十分に生活ができるな」

「はい、お陰様で。ありがとうございます」

「それなら、お前はずっとこの部屋にいてくれればいい」

嫌味を嫌味と取らない蒼生に、律は呆れる。

「この部屋にいて、一切何もするな。お前が何かできるとも思ってないし、してもらおうとも思ってない。だから、この部屋で大人しくしていてくれ」

これ以上話すことはないと、律は部屋を出ようとした。だが、蒼生は律を止めた。

「あの、ですが」

引き下がらない蒼生に、律は仕方なく振り返る。

「何だ」

「旦那様の代理人の方は、僕にこの屋敷で使用人として働くようにと」

律が眉を寄せても蒼生は怯《ひる》まず、焦ったように追いかけてくる。

「そう言っていましたし、僕もできればと思っていました。何か律さんのお役に立てることがあれば、僕にもお仕事をさせてください」

「ああ、だから何もしないのが一番いいと言ってるんだ」

屋敷に来た当初から変わらず仕事を求める蒼生に、律は苛立った。

「それが、俺のためになる。お前が動けば、仕事の邪魔にもなる。何もしないのがお前の仕事だ」

「お仕事の邪魔になるようなことは、何もしません」

「そうか、それは助かる」

「ですから、何か僕にもお仕事を――……」

「お前は、仕事と言うが」

何もできないくせに必死になる蒼生が滑稽《こっけい》で、律は鼻で笑う。

「一体、お前に何ができるんだ？　ああ。お前にもできることは、もちろんあるんだろう。だが残念ながら、俺はそれを必要としてない」

「それ、というのは……」

「俺に、娼婦は不要だと言ってるんだ」

律はわざと、嫌な言葉を選ぶ。

「お前が親父に気に入られるくらい立派な娼婦だったってことは、この部屋を見ればよく解った。上等なベッドに上等な家具、服もある。随分、親父に可愛がられていたんだろう。だが、俺はそういう趣味はない。お前に付きまとわれても気分が悪いだけだし、ありがたいとは思わない。俺と親父を一緒にするな」

「僕は、律さんと旦那様を一緒にしているわけでは——……」

「それなら、黙って部屋に籠っていてくれ！」

これ以上の会話が面倒で、律は声を荒げる。

「お前にできることは、何もない。いいか？　せめて、俺の邪魔をしないでくれ。仕事が大事な時期なんだ。俺はお前にこの屋敷にいることを許可したが、お前は家族じゃない。俺はお前の友人でも、雇い主でもない。俺は、お前と関わりたくないんだ。解ったら、大人しくしていてくれ」

眉を寄せて言うと、蒼生はやや怯む。だがそれでも、蒼生は口を閉じなかった。

「邪魔を、したいわけでは……」

蒼生の声が、少し弱くなる。

「本当に、ないんです。ただ、何かお役に立てることがあればと……」

視線を落とし、蒼生はゆっくりと瞬きをする。

「確かに、僕は何ができるわけでもありません。学もありませんし、普通の人が当たり前にできることでも、僕にはできないことがたくさんあると思います。ですが、使用人がする程度のことであれば……簡単な掃除や、炊事くらいですが。そういうことであれば、お手伝いができると思ったんです。旦那様が亡くなられる直前まで、僕は旦那様のお世話をしていて」

「親父の世話……？」

「お部屋の片付けや、お食事やお茶を準備するという意味です」

性的な意味合いではない、と蒼生は慌てて言い直す。

「何か、少しでもいいんです。もしやってみてお役に立てないようでしたら、止めろと言ってくださって構いません。ですから、身の回りのお世話をする許可をいただけませんか……？」

遠慮がちに不安そうに、蒼生は律を見る。だが言われたところで、律は蒼生の話に肯定的になれなかった。

（一体、何ができると言うんだ）

無能な人間が何をしたところで、余計な仕事を増やすだけ。であれば、何もしない方がありがたい。

どんなに懇願されようが、律の考えは変わらない。

だが同時に、蒼生が必死になる理由も想像ができた。

（俺に捨てられれば、本当に行き場がなくなると思ってるんだろう）

蒼生は元々、引取先がないためにこの屋敷に留められている。もし律が蒼生を追い出せば、本当に金も住処《すみか》もなくなり路頭に迷い、今までの「全てを与えられる生活」を失うことになる。

だから自分に媚を売り、必死になるのだろう。

そう考えると、律は余計に蒼生の存在が疎ましく思えた。蒼生が必死になればなるほど、その意図を想像して気分が悪くなる。

だが結局、律は蒼生の申し出を受け入れることにした。

蒼生の成長に、期待したわけではない。ただこれ以上蒼生にごねられるのも面倒で、勝手に仕事をして満足するのなら、それでいいと思った。

「勝手にしろ」

それは、決して優しい言葉ではなかった。それなのに蒼生は初めて会った時と同様、目を輝かせている。

(何を考えてるんだ)

蒼生の意図が、律には解らない。だが、理解しようとも思わなかった。

＊　＊　＊

それから、蒼生は家事をすることになった。

何をしろ、と律に言われたわけではない。勝手に仕事を見つけ、勝手に働いているだけである。だがそれでも正式に仕事を許されたことが、蒼生は嬉しい。

蒼生は普段使っていない部屋も含め、くまなく掃除をした。やや埃っぽかった屋敷は、徐々に綺麗になっていった。律が使っている仕事場も、随分と小綺麗になった。

それに毎日洗濯をして、食事も作った。蒼生自身が、食材を買いに行くことはない。調味料は屋敷に置いてあったものを使い、野菜や肉は律が買ってきたものを使った。だが律が買ってくるものは、あまり統一性がない。これといって、作るものを想定していないためだろう。食材の減りなど考慮しないせいで、人参ばかりが大量になることもある。蒼生はその微妙な素材で、それでも日々立派な食事を作っている。

はじめは、律の食事だけを作っていた。だが達海からリクエストがあったため、達海の分も作ることにした。

「あまり、立派なものは作れないのですが」

「全然、十分立派だよ」

初めて達海にベーコンエッグを出した時、達海は大袈裟に喜んだ。

「食べた方がいいのは解ってるんだけど、作るのが面倒で食べなくなっちゃってさ。だから黙っててても出てくるのは、めちゃくちゃありがたい。何より美味《おい》しいし」

以来、達海は毎朝律と朝食を取っている。

本当は、律に反応をもらえるのが一番いい。だが律ではなくとも人に喜んでもらえることは、素直に嬉しかった。

それから暫くして、彰も二人に加わるようになった。蒼生がオフィスに茶菓子を差し入れた際、達海が彰に提案したのである。

「朝ごはん、彰も作ってもらったら？　蒼生くんのご飯美味しいよ」

「そうか、じゃあついでに貰うかな」

彰は、視線をパソコンに向けたままで返した。

彰はあまり、蒼生を見ない。律のように蒼生の存在が疎ましいわけではなく、単に興味がないようである。だが食事が出てくるとなると、話は別らしい。

「外に食いに行っても、選ぶのも面倒で毎回同じもんになるし。頼めるか？」

言われて以来、蒼生は彰の朝食も作っている。

それが蒼生には、少し意外だった。彰の人間性を知っているわけではないが、仕事以外で人と関わることを好まないタイプだと思っていた。だが食事を出せば、彰はそれなりに喜んで食べている。

この日も、蒼生は三人の朝食を作った。白米に味噌汁、卵焼きにサラダ。それに、昨夜の残り物の煮物。

そんな朝食にしては立派な食事を、三人はダイニングで食べていた。三人が席について食事を始めると、蒼生は茶を淹れる。食後に珈琲《コーヒー》を出すことになるが、それは三人がオフィスに戻ってからでいい。

「いやぁ、ほんとに美味しい。蒼生くんのおかげで、みんな健康的な生活が送れるねぇ」

蒼生が緑茶を茶碗に注いでいると、既に食事を平らげた達海が言った。

達海は、いつも蒼生の食事を褒《ほ》めてくれる。それは大げさすぎてくすぐったいものではあるが、それでも蒼生は嬉しい。

食事を作る仕事は、蒼生が勝手に始めたことである。だが今では当たり前の日常となっているし、美味しいと言われれば役に立てていると実感もできる。

だが、律は無反応だった。出されたものを食べてはいるが、何を食べても美味《うま》いとも不味《まず》いとも言わない。食後の珈琲をオフィスに運んでも視線も向けないし、会話をすることもない。律は一貫して、蒼生に対しての無関心を決め込んでいる。

だが明らかに、不快感を露わにすることがあった。蒼生が、達海と話をしている時である。達海に「美味しい」と言われれば蒼生は当然礼を言うが、その僅《わず》かな会話すら気に入らないようなのである。

律は不快を乗せた視線を蒼生に送り、送られた蒼生は口を閉じることになる。だが、達海はそれを認めなかった。

「まーた、律はそんな顔して」

　達海が、盛大にため息をつく。

「蒼生くんが全部やってくれて、ありがたいじゃない。感謝しなよ。どうせ律なんか、毎日コンビニ弁当でしょ。それに、洗濯だって週に一回しかしないし、掃除なんて月に一回もしないし、不健康で不潔じゃん」

　達海に言われると、律は不機嫌そうに視線を返す。

「俺はもっと生活能力がある。お前と一緒にするな」

「嘘つけ。律、俺と徹夜で仕事してたとき自分が飯作るって言って、カップ麺二人分作ったの覚えてるんだからな。しかも、お湯が足りなくて麺硬かったし」

「あの時は忙しかっただろ」

「いやぁ、ほんと蒼生くんのご飯、ありがたいね。あったかいおかず。味噌汁も美味しい」

「お前はすぐそうやってこいつを褒めるが、このくらいの料理、誰にでも作れるだろう」

手にしていた箸《はし》を置いて、律は反論した。

「別に、驚くようなものじゃない。俺だって作れる。何か仕事が欲しいと言ったから、やらせているだけだ。他に手段があれば、それを使えばそれで済む。それこそ、今時コンビニで買った飯でも十分美味い」

　そう言いながらも、律は毎日蒼生の作る食事を食べている。

だが、蒼生は反論しようと思わなかった。確かに自分の料理は稚拙《ちせつ》だし、誰でも作れるものだ。律に認められないのは辛いところではあるが、その非は自分にあるだろう。

「もっと上手くできるように、頑張ります。もしお好きなものがあったら、作れるようになりたいのですが」

少しでも口に合うものを作りたくて言ったが、律は返事をしなかった。

それも、いつものことである。律は達海に対して文句を言うが、蒼生には言わない。会話をすることすら面倒なようで、蒼生が返事を貰えることはない。

蒼生は、これ以上の会話を諦めた。

茶を淹れ終われば、もうダイニングでの仕事はない。蒼生はダイニングを出た。あとは三人が食べ終わった頃に、片付けに戻ればいい。

食事は、いつも四人分作っている。律と達海、彰、そして自分の分だ。だが蒼生は三人分だけを出し、自分が一緒に食事をすることはない。自分がいると、律が嫌がることを蒼生は知っている。そのため蒼生は三人がいなくなってから、ひとり食事をした。

(律さんは、僕のことを嫌っている)

蒼生は律のために仕事をしながらも、律との接触を極力避けた。オフィスの掃除は、三人が部屋にいない時間を見計らってする。昼間に茶を出すことがあっても、トレイを渡せば部屋を出る。洗濯物は畳んで部屋に置き、律が部屋にいる時に訪ねることはない。

同じ屋敷に住んでいても、接触がない生活。

蒼生はそれを寂しく感じながらも、律がそれを望むのなら仕方ないと思った。

(自分にできることを、自分に許された範囲ですればいい)

そうしていれば、いつか律との距離が少しは縮まるかもしれない。

そんな僅かな希望を蒼生は持ってはいるが、もしそんな日が来なかったとしても、律を恨むつもりも非難するつもりもなかった。


蒼生が律と話すことになったのは、ある夜のことである。

仕事を終えた蒼生が自室で眠りにつこうとしていると、突如、律が部屋にやってきたのである。

律はノックをしなかった。ばたんと突然開いた扉に蒼生は驚いたが、扉の前に立つのが律だと解ると安堵した。

だが感じたのは、安堵だけではない。律が部屋に来てくれたことに、蒼生は少なからず興奮した。

普段、蒼生が目につくことすら嫌そうな律が自ら訪ねてきたのだから、嬉しくないわけがなかった。

蒼生はベッドを降りると、入り口で立ち止まる律のもとへ向かう。

「何か、ご用がありますか？」

深夜の訪問を、拒絶するつもりはなかった。むしろ、重要で急ぎの用があるからこそ、こんな時間に来たのだろう。であれば、たとえ無理難題であったとしても応えたい。

蒼生はそう思ったが、見上げた律の表情は相変わらず冷たかった。廊下が暗くよく見えないが、しかし鋭い視線だけははっきりと解る。

思わず、蒼生は口を閉じた。

これ以上、何かを言える雰囲気ではなかった。だが訪ねてきた以上何か用があるはずだと、蒼生は律の言葉を待つ。すると長い沈黙ののちに、律はようやく口を開いた。

「これは、何だ」

「これとは……」

何でしょうか。

蒼生は問おうとしたが、すぐに律の言いたいことが解った。律が、花瓶《かびん》を差し出してきたのである。

その花瓶に、蒼生は覚えがあった。今日の昼、蒼生自身が律の部屋の窓辺に置いたものだ。

透明な、小さな一輪挿しだった。大輪の白い花が、一輪生けられている。だがその差し出したものを蒼生が受け取る前に、律は手を離した。

どん。

重い音を立てて、花瓶は床に転がる。強い硝子で作られたそれは割れることこそなかったが、床は水びたしになり、花弁が数枚落ちた。

「俺の部屋に、入ってもいいとは言った」

呆然として動けない蒼生を、律は冷たく見下ろす。

「だが、それはお前が掃除をすると言ったからだ。それ以外の目的で、勝手に出入りすることは許可していない」

「それは、もちろんです」

「じゃあ、これは何なんだ」

律は口元以外、ぴくりとも動かさない。

「俺には、覚えのないものだ」

「それはお掃除をした時に、何か、お掃除以外にもできることがないかと思って」

「掃除以外に？」

「はい」

緊張で指を震わせながら、蒼生は頷く。

「最近、律さんの仕事がお忙しそうだったので。彰さんとも、強い口調でお話をされていることが多いですし。お花でもあれば、気分が落ち着くのではないかと思って」

「なるほど、盗み聞きか」

「そういうつもりでは……！」

律の言葉に、蒼生は慌てた。

盗み聞きをしたつもりなど、微塵《みじん》もない。ただ律と彰が大声で喧嘩をする声が、廊下まで聞こえていただけである。

だが、蒼生はそれを言わなかった。反論できる空気ではない。

「花はお見舞いの品にも選ばれるくらい、心が和むものだと言われています」

蒼生は怯みながらも、律から視線を外さなかった。

「花を見れば、少し気が休まるのではないかと思ったんです。お仕事が大変なのは、理解しています。ですから、ご自分の部屋で休まれる時くらいは、落ち着いた気持ちでいられるようにと思って、お庭の花を生けさせていただいたんです。丁度、今朝咲いたばかりのもので」

「そうか、お前にそういう知恵があることには驚いた」

律は嘲笑する。

「お前の気遣いは、よく解った。だが、もうこういうことはするな。ありがたいとも思わないし、迷惑なだけだ。お前が、何か仕事が欲しいと言ったから、俺は与えた。部屋も与えてる。それ以上、何を俺に求める？　お前は家族でもなければ、友人でもない。お前が此処にいないと俺にも他の人間にも迷惑が掛かるから、仕方なく此処に置いてるだけだ」

「もちろん、理解しています。ですから、何か少しでもお役に立てればと――……」

「言っただろう。何もしないのが、一番役に立つ。だから余計なことはするなと、何度言わせれば理解できるんだ！」

最後の方は、ほとんど怒鳴《どな》り声だった。

心臓まで震わせるような声は、蒼生の動きを停止させる。ただ息を呑むことしかできない蒼生に、律はもう何も言わなかった。背を向け、立ち去ってしまう。

部屋には、蒼生と一輪の花が残された。白い花はこの日庭から切ってきたばかりのもので、まだ新しい。水を丁寧に替えていれば、それなりに長く楽しめただろう。だがその水を入れに行く気力が、今の蒼生にはない。

（どうしよう）

指の先から、血が引いていくのを感じる。

これほどまでに律の怒りを買うとは思わなかった。仕事の疲れを自分の部屋くらいでは癒すことができればと、花を一輪添えただけである。花の礼が欲しかったわけでも、感想が欲しかったわけでもない。本当にただ、少しでも気が休まればいいと思っただけなのだ。

「ごめんなさい」

蒼生は、小さく呟いた。

その言葉を聞く人間は、誰もいない。それでも、蒼生は呟いた。

「律さんを苛立たせることしかできなくて、ごめんなさい。本当に、何かお役に立ちたいだけなのに、何もできなくて」

床には、まだ花と水が散らかっている。だが花を拾う気力すら、やはり今の蒼生にはない。


その翌日。

蒼生は、定刻六時に目覚めた。

この部屋には、目覚まし時計などという便利なものはない。蒼生が定刻に目覚めるには、常に気を張っている必要がある。

蒼生は身なりを整え部屋を出ると、いつものように仕事部屋の掃除をし、三人の朝食を作った。昨日の今日で仕事をするのは躊躇《ためら》われたが、何もしないという選択肢を選べなかった。

食事を置いてダイニングを出たものの、律が食事に手をつけているかが気になった。だが洗濯をするために部屋の前を通った時、律が蒼生の作ったオムレツを口にしているのが見えた。

（良かった）

安堵し、蒼生は洗濯室に向かった。洗濯機をセットし、再びキッチンへ戻る。使ったフライパンを片付け、三人が食事を終えると今度は食器を片付ける。

その頃には、洗濯が終わっていた。濡れた衣類を抱え、外に干しに行かなければならない。

「いい加減にしろよ！」

蒼生がそんな声を耳にしたのは、洗濯物を干し終え、廊下を歩いていた時だった。

声の主は、彰だ。それに反論するのは律で、二人は言い争いをしている。

だが、蒼生は驚かなかった。怒鳴り合いは、今に始まったことではない。こういう良くない雰囲気を何度も見かけていたからこそ、蒼生は律に花を贈ったのだ。

それが無意味だったと改めて思い知らされながら、蒼生は廊下で足を止めた。

「あと三ヶ月で仕上げるなんて、間に合うわけないだろう」

と律が言う。

「そもそも、メーカーの要求が滅茶苦茶《めちゃくちゃ》なんだ。実現の見込みのない要求を突きつけてきて、結局、俺たちと仕事をする気なんてないんだよ。そんな奴らの言い分に、従う必要はない」

「難しい要求だってことくらい、俺だって解ってる。けど実現できる力があるかどうか、試されてるんだ。期待に応えるのは必要なことだろ」

「難しい要求？　期待？　そうじゃない。これはただの、無理な要求だ」

「何だと」

「彰。お前は、自分がメーカーとコネがあるから、メーカー側の肩を持ちたくなるんだ。お前があのメーカーを紹介してくれなかったら、確かに俺たちは今もずっとパートナーを探して右往左往《うおうさおう》してただろう。医療分野で成功するには、既存のメーカーの協力は不可欠だ。だから、お前には感謝してる。けど、良く考えてみろ。現実問題、あいつらの要求に沿った製品が、そんな短期間でできるわけがない」

「それじゃあ困るんだよ！」

　彰の声に混じって、ドンと何かを叩く音が聞こえる。

「いいか？　俺のコネがなけりゃ、こんな会社今日まで持たず潰れてた。誰にも相手にされねぇで立ち行かなかったこの会社を、救ってくれたのはあのメーカーだ。恩を返す必要がある。そうだろ？」

「ああ、潰れてたかもしれない。けど、あいつらと組んでなかったら、もっといいパートナーがいて、今よりいい関係が築けてたかもしれない。『たら話』は不毛だ」

「律、テメェ――……」

「大体、救ってもらったなんて大層なことはしてもらってない。大した資金援助もなけりゃ、製造支援も臨床協力も何もない。正直俺は、あんな会社、いつ切ってもいいと思ってる。折り合えないなら、いない方がましだ。あいつらがいるから、俺たちはこうやって毎日不要な揉め事をしてる。開発や研究より、資金繰りと根回しの相談ばかりだ。あいつらは、俺たちの救世主じゃない。俺たちの技術を、安い値で買い叩こうとしてるだけだ。俺たちができないって音《ね》を上げて、技術を売却するのを待ってるんだよ」

「ああ、そうかもな。けど、売っ払った方がマシだ。いいか、約束の期限内に奴らの要求するところまで製品を仕上げなきゃ、俺の立場がない。わかるだろ？」

「悪いが、お前の立場なんてどうでもいい。大事なのは、事業を続けることだ。お前の紹介した会社がダメなら、次を探せばいい。ビジネスパートナーってのは、金を払ってくれりゃ誰でもいいってわけじゃない。そもそも、最初の選定を間違ったんだよ」

「おい律、黙って聞いてりゃ――……」

「もう、いい加減にしなよ！」

二人の怒鳴り合いを見かねたのか、悲痛な達海の声が響く。

蒼生は、ひとり廊下で胸を撫でおろした。達海がいなければ、この言い争いは加熱するばかりだ。蒼生は喧嘩の原因が何なのか知らないが、怒鳴り合いは聞くだけで疲弊《ひへい》する。

（良かった）

だが同時に、自分がまた「盗み聞き」をしてしまったと思った。

「盗み聞きをしたのか」

昨夜、律に言われたばかりである。廊下に聞こえる声量で話しているのだから盗み聞きではないのだが、律にすればこれが良くないのだろう。

（また、怒られるだろうか）

かといって、律たちをこのまま放っておくこともできなかった。達海の一声で一旦は収束したようだが、大抵は再びぶり返す。何かきっかけがなければ夕方までこの状態が続く気がして、蒼生は息抜きに茶を差し入れることにした。

普段から、蒼生は時間を見つけてオフィスに茶を運んでいる。茶を運べば大抵は休憩に入り、仕事も喧嘩も一度はリセットされる。

蒼生は台所で緑茶を淹れると、トレイに載せて仕事部屋に向かった。仕事中に入るのは、いつも緊張する。それが揉め事の最中となれば、尚更である。

怒られることを承知の上で、蒼生はノックをした。怒られても、この言い合いが止まるのであればそれでいい。

だが、中からの返事はなかった。律と彰は、また何かを言い合っている。その声が、ノックの音を消しているのだろう。

だが間もなく、中から扉が開いた。見れば、達海が立っている。

「蒼生くん」

達海は疲れた、しかし何処《どこ》かほっとした表情を見せた。

「お茶、持ってきてくれたの？」

「はい。廊下まで、声が聞こえたので。少し休憩されてはどうかと」

「いやぁほんと、ナイスタイミング」

達海は苦く笑う。

「アレ、俺じゃ収拾できなくてうんざりしてたとこ」

達海は肩を竦め、奥で怒鳴り合いを続ける二人に視線を向けた。

「二人とも。蒼生くんがお茶持ってきてくれたし、休憩にしようよ」

達海は蒼生を部屋に入れると、二人に声を掛けた。

「お茶でも飲んで、もうちょっと冷静になって話をしよう」

宥めるように達海は言ったが、どちらも反応しない。

「ちょっと、聞いてる？」

達海は口調を強くしたが、しかし律が反応したのは達海にではなく、部屋に入ってきた蒼生に対してだった。

「蒼生」

律は達海を素通りし、蒼生の前まで来る。

律の視線に、蒼生は少したじろいだ。思わず一歩下がり、視線を逸らす。

「余計なことをするなと、何度も言っただろう。いいか。今後、仕事中は一切この部屋には――……」

「おい律」

達海が眉を寄せて律を止める。

「全然、余計なことじゃないでしょ。蒼生くんは、俺の声に耳を傾ける気ゼロな律たちの醜《みにく》い言い争いに耐えかねて、こうしてお茶を持ってきてくれたの。言うなら、『ありがとう』でしょ」

「俺は頼んでない」

「俺が頼みたかったよ」

「そうか、そりゃ良かったな」

「律もお茶でも飲んで、少し落ち着いて」

「俺は十分に落ち着いてる。だから、茶は要らない」

「ちょっと、律」

律は達海に背を向けたが、達海は追いかけない。

（自分は、どうすべきだろう）

蒼生が様子を窺っていると、達海がくるりと振り返った。

「ね、蒼生くん。律は飲まないって言うし、一緒にお茶でもどう？」

「えっ」

突然の誘いに、蒼生は驚いた。

「蒼生くん、同じ屋敷にいるのに、律のせいで全然話す機会ないしさ。せっかくだし、此処で飲んでいきなよ」

「別に、律さんのせいでは――……」

「いいんだよ、律のせいにして。それに俺も、あんなキレッキレの二人と話してるより、蒼生くんみたいな物分かりのいい子と話してる方が楽しいしね」

「勝手にしろ」

達海の嫌味に、律のデスクから反発の声が聞こえる。

律は、こちらを見てすらいなかった。だが達海も無言のまま肩を竦めただけで、もう律と話すことを諦めたようである。達海は蒼生が持ってきた茶を一つ取ると、律ではなく彰に持っていった。

彰は、素直に受け取る。

「悪いな」

茶を一口飲んでから、彰はちらりと蒼生を見た。

以前達海が言っていた通り、彰は人相も口も悪いが、たまに愛想がいい。

「廊下まで、声が聞こえてるだろう。仕事のことになると、最近はずっとこうだ。まぁ、悪いのは律なんだが」

「はいはい、解ったからお茶飲んでお茶飲んで」

達海は慌てて彰の背中を押して黙らせた。残った茶碗の一つを自分が取り、もう一つを蒼生に渡した。

「はい」

達海は近くの椅子を自席の前に置くと、蒼生に勧める。

蒼生は素直に従った。律の反応が、不安ではある。だが反応を示さないということは、茶を飲むくらいは許容してくれたのだろう。

「最近、よく二人の声が聞こえてるだろ」

蒼生が椅子に座ると、達海は話を始めた。

「でも、仲が悪いってわけじゃないんだ。彰も律も口が悪いから、ちょっと聞くに耐えない感じになってるけど。二人は大学のゼミからの付き合いだし、本当はお互いに尊敬し合ってるんだ。ただ、お互いに譲れない部分があるってだけで。そもそも、同じ目標を持って一緒に会社を立ち上げるくらいだからね。互いに信頼してなきゃ、一緒に会社なんてできないでしょ？」

「同じ目標というのは、医療用のカメラですか？」

「そうそう」

よく覚えているね、と達海は首を縦に振る。

「そのカメラを作ってるんだけど、実はあまり上手くいってなくてさ。そういう時って、些細なことで軋轢《あつれき》を生んで、揉めたりしちゃうんだよね」

「上手く、いってないんですか？」

「そう。まったく、全然」

達海はあっけらかんと、両手を広げて見せる。

「技術としては、いいものを持ってると思うんだけどね。でも、なかなか実用化できるレベルの製品を作ることができなくて、収入に結びついてないんだ。そんな時、彰が自分のツテで医療メーカーを紹介してくれてね。そこから支援を受けて、カメラを開発することになったんだ。その納期が三ヶ月後なんだけど、全然目処《めど》が立ってなくてさ。で、律はメーカーと手を切って別の会社と話をするって言ってるんだけど、別にアテがあるわけでもないし、彰にしたら自分がメーカーに頭を下げた手前もある。自分たちでできないなら、売れるうちに会社を売却した方がいいって言ってて、まぁどっちの言い分も解るけど、どっちも極端なんだ。本当はもっと、落ち着いて考えた方がいいと思うんだけど」

達海は茶を飲んで、ため息をつく。

「ごめんね、愚痴《ぐち》っちゃって。二人があんなだし、他に言う相手がいなくて」

達海の声は、二人にも聞こえているはずである。だが二人からの反応はなく、互いに背を向けたままだった。

二人の背を見つつ、蒼生は部屋の中を眺めた。仕事中にこうして部屋に入ったのは、初めてである。仕事の話をまともに聞いたのも初めてで、目にするもの耳にするもの全てが珍しい。

「あの」

あたりを見回してから、蒼生は口を開く。

「そのカメラというのは、あれですか？」

「ん？」

達海は「あれ」と指された方に視線を向ける。

視線の先、部屋の奥の棚にあったのは、よくあるタイプの一眼レフのデジタルカメラである。達海は立ち上がると、茶を置いて取りに行った。

「これは、普通のカメラだよ」

持ってきたものを、達海は蒼生に渡す。

「うちが持ってる技術を、試しに市販のカメラに乗せてるだけ。こんな大きなカメラ、お腹の中に入らないでしょ？」

「あっ、そうですよね」

蒼生は受け取ったカメラを、興味深く触る。くるくると回して、レンズを表から覗き混んだ。ファインダーを覗いていると「貸して」と言って、達海がカメラの電源を入れてくれる。小さな起動音と同時に、ディスプレイに画像が映った。

「すごい」

初めて見る光景に、蒼生はぱちぱちと瞬きをする。

「レンズに映ったものが、此処に映るんですね」

「そうだよ。カメラは初めて？」

「初めてです」

「それなら、これを持って。それから、右にある赤いボタンを――……」

達海は親切に、カメラの使い方を説明してくれる。だが達海が先を続けようとするのを、止めに入る声があった。

「おい、もうお喋りはいいだろう」

声の主は、律である。律はいつの間にか自席を立ち、蒼生の前にいた。

「そんなにカメラが気になるなら、お前にやる」

上から見下ろす律は、不機嫌を隠さない。

「だから、お前はそれを持って出て行け。仕事の邪魔だ」

「ですが、このようなものは――……」

「それは、もう要らないものだ」

貰えないと言おうとした蒼生に、律はその時間すら与えない。

「他にも、サンプルのカメラはある。だから、それは要らない。持って、出て行け」

律の言葉は、蒼生を追い出すためのものだった。「カメラ如きで此処からいなくなるのなら」という意が込められていることが、蒼生にも解る。だが、蒼生は今更傷つかなかった。律が自分に好意的でないのは、今に始まったことではない。であれば、僅かながら部屋への滞在を許してくれただけで十分だと思う。

「ありがとうございます」

ぺこりと頭を下げると、蒼生はカメラを手に部屋を出た。

初めて触るカメラは、見た目以上に重かった。だがそれは、まるで宝物であるかのような不思議な重さだった。


部屋を追い出すための口実として、渡されたカメラ。

それは、蒼生にとっていい遊び道具となった。蒼生は屋敷の使用人ではないが、使用人に該当する仕事はこなしている。だが全ての仕事をこなしても、蒼生には時間が有り余っている。

仕事を終えると、蒼生はカメラを持ってあちこちを回った。もちろん回れるのは、自由を許された屋敷の敷地内だけではある。限られた範囲ではあるが、蒼生は部屋の置物や建物の細工、それに庭の花を撮った。そんな些細なことでも蒼生には初めての経験で、全てが新鮮で楽しい。

　この日も、蒼生はカメラを持って外を回っていた。庭に出て花を写し、陽の当たらない木陰で撮った画像を眺める。白や黄色、それにピンクの花が映る画面を流し見ていると、上から声が降ってきた。

「楽しそうだね」

　見上げると、達海がいた。いつ何処で自分を見つけたのか、達海はにこにこと自分を見下ろしている。

「何撮ってるの？　花？」

　覗き込む達海に、蒼生はカメラを傾けてディスプレイを見せた。

「はい、お庭に植えているものです。旦那様が生きていた頃に、お庭の花の手入れをさせていただくことがあって。それで、今も続けています」

「そういえば、門から玄関までに小さい花が植えてあるね」

「はい」

「あれは、蒼生くんが植えてたの？」

「そうです」

　達海が隣に座ったので、蒼生はカメラを下ろした。

「スイートアリッサムと言って、多年草なので季節に関係なく咲かせることができます。

手入れも簡単なので、広い場所に植えるのにちょうどいいんです。それから、玄関先にはアネモネを植えています。アネモネは開花の期間が長いですし、それに品種も百以上あるくらい多いんです。色も多いので華やかで。もう少ししたら、球根種も――……」

蒼生はそこまで言ってから、はっとした。自分が一方的に、聞かれてもいないことを話しているのと気づいたのである。

「すみません」

恥ずかしくなり、顔が熱くなる。

「こんなつまらない話を」

「そんなことないよ」

達海は首を振る。

「全然つまらなくないし、楽しいよ。蒼生くんは、花が好きなんだね。それに、よく知ってる」

「僕は頭が悪くて、あまりできることもないんですけど」

前置きをしてから、蒼生は少し笑う。

「でも花にだけは、少しだけ詳しくて。旦那様に、本をいただいたことがあるんです」

「そうか。律の親父さんは、生花の販売をしていたから」

達海は、ひとり納得する。

「じゃあ蒼生くんは、律のお父さんから花の育て方を教えてもらってたの？」

「そういうわけではありませんが」

蒼生は達海から視線を外し、遠くに植えている小さな白い花を見る。

「お屋敷に、本がたくさんあったので」

「本？」

「大人になってからですが、書斎に出入りすることを許されるようになって。そこで、本を読んだんです。花の植え方も、育て方も、もっと色々な知識も、全部、本で学びました。今も時間を見つけて、読ませていただいています。僕は本で得た知識以外、何もありませんから。本当はもっといろんなことを勉強しなければならないのですが、僕は、頭が悪くて。だから、律さんを苛立たせてしまうのかもしれません。何も解らず、何もできないから」

「そんなことないでしょ」

達海は、やや怒ったように口を尖らせる。

「確かに蒼生くんの生《お》い立《た》ちは、俺たちとは違うかもしれない。でも、それは蒼生くんが悪いわけじゃない。そんなことで律が苛立つのはおかしいし、蒼生くんが何もできないなんてことないでしょ」

「そうでしょうか」

「そうだよ。蒼生くんが作ってくれるご飯は美味しいし」

毎日助かっている、と達海は力説する。

「それに律だって、本当はそう思ってるはずだよ。律はあんなだけど、本当は悪い奴じゃないんだ。いや、いい奴でもないかもしれないけど、そこそこいい奴で」

「ええ、解っています」

言い訳をするような達海に、蒼生はくすりと笑う。

やはり二人は親しい仲なのだと思う。律の「悪口」を言う達海のことを、律も悪くは思っていないのだろう。傍《はた》から見ても、二人に信頼関係があることが伝わってくる。

それが、微笑ましい。

そして、同時に羨ましいとも思った。

その後も、蒼生はカメラを持って屋敷内をうろついた。

まるで宝物のように、肌身離さずカメラを持ち歩いた。もちろん、仕事中は部屋に置いている。だが仕事が終わると、もう撮るものなどとうになくなっているのに、またカメラを提げて歩いている。

書斎で本を読む時も、それは同じだった。

達海に話した通り、蒼生は時間を見つけては書斎に出入りしている。書斎は元々死んだ律の父のもので、壁一面の棚に小説から専門書まで、隙間なく本が並べられている。

その部屋が、蒼生は好きだった。律の父に出入りの許可を貰ったのは、蒼生が十四歳の時である。

それは当時商品だった蒼生にとって、初めての自由だった。それまでずっと、蒼生は屋敷の離れから一歩たりとも出ることを許されていなかった。書斎への入室許可などささやかな自由だったが、当時はひどく嬉しかったのを覚えている。

以来、本は蒼生にとって唯一の娯楽になり、情報源になった。読めない文字も意味のわからない言葉も、もちろんあった。だが解らないことは一つずつ調べ、少しずつ覚えた。

知識が増えることが、蒼生は嬉しい。娼婦というただ性的な奉仕だけをする生き物である自分が、少し人間に戻れる気がする。

この日も、蒼生は書斎で本を読んでいた。持ってきたカメラを机に置き、高い場所の本を取る為に脚立《きゃたつ》に登る。

そのまま脚立の上で、蒼生は本を読んだ。下に降りなかったのは、丁度陽が当たって気持ちよかったからだ。微睡《まどろ》みそうになる柔らかな日差しの中、蒼生は静かに本を捲った。

この日読んでいるのは、料理に関する書物だ。ところどころにレシピが書かれており、蒼生は熱心に目を通す。

今日すべき仕事は、全て終わらせていた。律の目につく場所をうろつくよりはいい気がして、蒼生は日が陰るまでこの部屋に籠ることにした。

静かな書斎にかたりと音が響いたのは、蒼生が二冊目の本を読み始めた時のことである。

普段、この部屋に人が近づくことはない。閉鎖されているわけではないが、律たちの仕事場からも律の部屋からも遠く、誰も近寄らないのである。

そのため、蒼生は人が来たことに驚いた。

だが驚いたのは、蒼生だけではなかった。部屋に入ってきた当人——律も、驚いた表情で蒼生に視線を向けている。

(何か、仕事を忘れてただろうか)

蒼生は慌てた。

そうでなければ、わざわざ律が自分の存在に目を留め、立ち止まるようなことはないだろう。

蒼生は本を閉じて元の場所に戻すと、急いで脚立から降りる。

「何か、ご用がありますか？　時間があったので、本を読ませていただいていました。ですが、何かご用でしたら——……」

「こんなところで、何をしてる？」

蒼生の問いに答えず、律は蒼生を睨む。眉間には、深くしわが寄っていた。

「別にお前がどこで何をしようが、それは勝手だ。だが、此処は親父の書斎だったはずだ」

「はい」

動揺しながらも、蒼生は頷いた。

「生前、旦那様から、こちらの書斎の出入りを許されていました。なので、今もお邪魔を」

「親父が……？」

律は、ぴくりと眉を動かす。

だが蒼生の返答を期待してはいないようで、嘲笑を浮かべた。

「なるほど。お気に入りともなれば、親父の書斎にも出入り自由か。この部屋には、重要な書類がいくつも置いてある。銀行の書類も、それこそこの家や土地の権利書もな。その書斎に、お前は出入りを許されていたわけか。昔は、俺も入ることを許されなかった」

ぐるりと部屋を見渡しながら、律は蒼生との距離を詰める。

「仕事部屋だから、勝手に入るなと。ずっと、そう言われていた。だが、別の意味で都合が悪かったのかもな。お前が許可されていたということは、お前は此処で親父の相手をしていたのか？　それとも、此処で接待でもしていたのか？」

「そのようなことは」

「たとえお前が過去に、此処で何をして、何を許可されていたとしても」

律は、端《はな》から蒼生の話など聞く気もないようである。

「お前が、本に何の用がある？　どうせ読んでも解らないものばかりだ。理解できないものを眺めて、何になる？　それとも、此処はお前にとって特別な場所なのか？」

「そのような場所では――……」

ただ、本を読ませていただいていただけで。

蒼生はそう言いかけたが、律の目は冷たかった。まるで汚物でも見るようなその視線が、
蒼生の口を閉じさせる。

何を言っても、許さない。

言うことすらも認めない。

そう言われている気がした。

「すみません」

これ以上の反論を諦め、蒼生は頭を下げる。

「勝手なことをして、申し訳ありませんでした。あまり、作れる料理の種類もないので、
何か参考になるものがあればと思って本を読んでいたんです。ごめんなさい」

「俺は、お前に飯を作ってくれとは頼んでない」

「はい。僕が勝手にお願いして、仕事を頂いているだけです」

「その通りだ」

「でも、本当に何も知りませんでした」

蒼生は頭を下げたまま、上げることができない。

「このお部屋に、大切なものを保管しているということを。本当に、悪いことをしようと思ってこの部屋に入ったわけではないんです。勝手に立ち入ったことは、謝ります。僕は、いろいろなことを知らなくて、無知なので。だから、このお部屋で学べることがあれば、学びたいと思っただけなんです」

「何を学ぶのか知らないが、学んでどうなる？　どうせ、お前はこの屋敷から出られない」

「はい、その通りです」

「それなら、お前に学びは不要なことだ」

「はい」

何かを学び、その何かが律の役に立てば。

些細なことでも、たとえ礼を言われなくとも、少しでも役に立つことができれば。

ずっと思っていた。だが律はそれが不要だと言い、無意味だと言う。そう言われれば、蒼生はもう何も返すことができない。

「もう、二度とこの書斎には入りません」

蒼生は必死に、震えそうになる声を抑える。

「すぐに、出て行きます。もう、余計なことはしません」

ごめんなさい。

再び告げた謝罪に、しかし律は何も返さなかった。

蒼生は、逃げるように部屋を出て行く。テーブルの上に、カメラを置いたままにしていた。だがそれを持ってから出るような余裕は、蒼生にはなかった。

蒼生が書斎にカメラを置き忘れたことに気づいたのは、夕食の片付けをして、部屋に戻ってからだった。

仕事を終えるまでの間、カメラのことなどすっかり忘れていた。律に言われた言葉で頭が白くなり、他のことに気が回らなかった。

だが気づいたからといって、書斎に戻ることもできなかった。つい数時間前に、自ら「二度と入らない」と告げている。もしその姿を見られれば、今度こそ律は蒼生を許さないだろう。

蒼生には、また何もなくなった。

話し相手代わりのカメラもなくなり、本もなくなった。

暇ができた分、いつもより時間をかけて庭の手入れをした。だが新しい花が増えるわけでもなく、花に費やす時間にも限界がある。

結局、蒼生は仕事を探すことにした。だが、探す相手は律ではない。律に尋ねたところで良い返答を貰えるとは思えず、達海に聞くことにした。

「何か、お手伝いできることはありませんか？」

仕事の合間に休憩しているのを見つけて声を掛けると、達海に驚かれた。

「もう、十分働いてくれてると思ってるけど」

不思議そうに、達海は首を傾げる。

「自分の時間くらい、自分に使ってよ。前はカメラであちこち撮ってたじゃない。もう、カメラは飽きちゃった？」

「そういうわけでは……」

正直に答えることもできず、蒼生は言葉を濁す。その反応をどう受け取ったのか、達海は話を変えた。

「本は？　前に、書斎で本を読むって話してたじゃない。あの部屋は昼間も日差しが入るし、気持ちいいでしょ。それとも、部屋の本は読み尽くしちゃったかな」

「そういうわけでも、ないのですが……」

蒼生は言葉に詰まり視線を逸らしながら、言わなければ良かったと思った。達海は、自分を気に掛けてくれている。自分がこういう態度を取れば、疑いを持って当然だろう。蒼生はそのことに気づいて、慌てて態度を変えた。

「その、最近は仕事に慣れてきて、時間が余っているので」

上手く笑顔が作れているか解らないながらも、蒼生は努めて明るく振る舞う。

「だから、何かお手伝いできることがあればと思ったんです。でも、ないのでしたら大丈夫です。お忙しいところをすみません」

蒼生は言い終えると同時に、達海に背を向け駆け出した。

達海に何かを気づかれる前に、立ち去らねばと思ったのである。


「律、ちょっといいか？」

律が達海に声を掛けられたのは、仕事場を抜け、休憩のためにキッチンへ向かっている時だった。

あからさまに不愉快そうな表情を作る達海が、珍しいと思った。仕事で彰と揉めた際にも、達海は呆れ顔こそすれど怒ることはない。

「何だ？」

律が立ち止まって尋ねると、達海はいつもより距離を詰めてきた。

「蒼生くんのことだよ」

達海が、非難の視線を向けてくる。律は、顔を歪めた。達海の不機嫌の原因が蒼生に関係しているとは思わなかった。

「蒼生が、何なんだ」

「蒼生くんがお前にとって想定外の存在だってことは、もちろん解るよ。俺は当事者じゃないから、あんまり好き勝手言うべきじゃないってことも解ってる。でも、蒼生くんだって好きで律の荷物になってるわけじゃないし、悪いことをしてるわけじゃない。そうだろ？」

達海の口調は、いつになくきつい。

「なのに、律は蒼生くんのこと邪険にしすぎだ。お前、また蒼生くんに言わなくていいこと言っただろ。蒼生くんは、別にお前の邪魔をしてるわけじゃない。毎日ご飯も作ってくれるし、それこそお前のパンツだって洗濯してくれてる。言われた通り、お前の気に食わないことは一切してない。なのに、何が不満なんだよ」

「何かと思えば、またその話か」

達海が蒼生を庇うのは、いつものことだ。律は今更驚かないし、言われたところで頷くつもりもない。

「家のことをしてるのは、あいつが仕事が欲しいと言ったからだ。それに、他にできることもない。誰も頼んでないのに、俺が世話になってるみたいな変な言い方をするな」

「世話になってるだろ」

「世話をしてるのは俺だ」

「おいおい」

達海は、心底呆れた様子で笑う。

「お前、真顔でそういうこと言うなよ。律が面倒見てる面だって、もちろんあるかもしれないけど。でも何にしても、もっと普通に接してあげるべきだ。別に、弟のように接しろって言ってるんじゃない。普通にしろって言ってるんだよ、普通。わかるだろ?」

「普通?」

さも簡単そうに言う達海に、律は眉を寄せる。

「どうして、普通にできると思うんだ」

達海の言動が、実に心外だった。

「いいか? あいつは親父の商品だった。それも、お気に入りのな。それが、どういう意味なのか解るだろ?」

「でもそれは、蒼生くんが望んだことじゃない」

「どうだかな」

「おい、どうしてそこまで蒼生くんを疎むんだよ」

「どうして? 嫌でも頭を過るからだ」

「過るって、何が」

「あいつは、娼婦だったんだぞ? 嫌でも考えるだろう、親父が、あいつと……」

律は険しい表情を、苦いものに変える。

それより先の想像は、言葉にするのも悍《おぞ》ましかった。だが言葉にせずとも、「光景」は頭に浮かぶ。

「あいつがこの屋敷に来たのは、まだ一桁の年齢の頃だそうだ。つまり、俺も同じくらいの歳だった。今でこそおふくろはいないが、当時は生きてたんだ。だがあいつは、おふくろが死ぬ前も、死んでからも、この屋敷で親父の相手を――……」

言葉を止め、律は眉間のしわを深くする。

「吐き気がする。嫌うとか、疎ましく思うとか、そんな次元の話じゃない。解るだろ？　それなのに、俺にどう接しろって言うんだ。俺たちは、これから会社を大きくしていかなきゃならないし、今が大事な時期だ。それなのに突然あんなものを押し付けられて、嫌な顔をしない方がおかしいだろ。俺は、何か間違ったことを言ってるか？」

「間違ってるでしょ」

達海は怒りを滲ませた見たこともない顔で、はっきりと否定する。

「律は、間違ってる。確かに、律は悪いことをしてるわけじゃない。悪いのは、律の親父さんだ。でも、蒼生くんだって悪くない。蒼生くんは被害者だ」

「それを言うなら、俺も被害者だ」

「ああ、そうかもしれない。でも律は今まで何ひとつ、不自由なく暮らしてきただろ」

達海は苛立ちを隠さず目を細める。

「律は、何不自由なく学校に行って、友達を作って、大学に行って会社も作ってる。それは律の努力もあるだろうけど、親父さんの資本があったからだ。その資本は親父さんが花を売ったものかもしれないし、子供を売ったものかもしれない。蒼生くんが稼いだ金で、律は学校に行って、美味しいものを食べて、合コンで可愛い女の子を捕まえてたのかも」

「達海！」

思わず、律は達海の胸ぐらを掴む。

衝動的に、手が動いていた。これ以上達海の声を聞くことができず、その口を止めたかった。

律は、達海を睨みつけた。

「言っていいことと、悪いことがある」

「でも事実だ」

「仮に事実だとしても」

達海の襟元を震える手で掴んだまま、離すことができない。

「俺は、あいつを受け入れられない。俺に、どうしろって言うんだ。引き取り手を探すどころか、外に出すこともできない。かと言って、あいつは何ができるわけでもない。言葉の通り、ただの荷物だ。それも、一生物のな。俺の邪魔にしかならないし、仮に俺たちのビジネスが成功しても、ずっとあいつの存在が付きまとう。もし万が一、あいつの存在がマスコミに漏れたらどうなる？」

律は苦い表情で、達海から視線を逸らす。

「親父が、あいつを手元に置いたせいだ。せめて自殺の道連れにでもしていれば、こんなことにもならなかった」

「おい、律！」

「だが、できなかったんだろう。何せおふくろがいた頃からの、長い付き合いの情婦だ。おふくろより、具合も良かったのかもな」

「ふざけるなよ律！」

いつになく大きな達海の声が、廊下に響き、同時に、今度は達海が律の胸ぐらに掴み掛かった。

律は、抵抗しなかった。シンと静まり返った空間で、達海の非難の視線を受け入れる。

無音の空間に音が響いたのは、その直後のことである。

とん。

それは、何かが壁を叩くような小さな音だった。音のした方、二階へ続く階段の踊り場を見ると、壁に掛けた絵画が揺れている。

その絵画が揺れたのは、横に立っている蒼生がぶつかったせいらしかった。

「蒼生くん……」

蒼生が視界に入るなり、達海は律から手を離した。達海の瞳には、動揺が走っている。

蒼生に聞かれるべきではない会話を聞かれ、まずいと思ったのだろう。

だが律は立ち尽くす蒼生を見たところで、達海のような感情は湧かなかった。また面倒なことになったと、辟易《へきえき》するだけである。

「すみません、聞くつもりでは……」

踊り場に立ったまま、蒼生は小さく息を吸う。

「立ち聞きをしていたわけでは、ないんです。その、そろそろ食事の準備をしようかと思って、台所に行こうかと……」

蒼生の手は、少し震えている。その手をぎゅうと強く握りしめると、蒼生は階段を駆け下りた。無言のまま二人の横を通り過ぎ、廊下を走り、玄関から外に出て行く。

その姿を律は無感動に眺めたが、達海は許さなかった。

「おい、言っていいことと悪いことがあるだろ！」

達海にそう言われたところで、やはり律は何も感じなかった。

「俺は、悪いことは言ってない。思ったことを言ったまでだ」

律が返すと、達海はこれ以上の会話を諦めたようだ。律を残し、廊下を走っていく。恐らく、蒼生を追いかけたのだろう。だが、律は追いかけようとも、謝罪をしようとも思わない。

話したところで折り合わない。

親友でもこればかりは本当にどうにもならないと、律は思っている。

同じ頃。

蒼生は、庭の木の下にいた。以前カメラを抱えて座っていた、大きな木陰ができる場所だ。

(今更なのに)

律が自分を快く思っていないことなど、ずっと前から知っている。それなのに達海に言った律の「本音」は想像以上に胸を刺し、蒼生を衝動的に屋敷の外に走らせた。だが許された行動範囲がこの敷地内である以上、逃げたところでたかが知れている。

(あのまま、屋敷にいた方が良かったのかもしれない)

何とも思っていないと笑えば良かったのか、それとも謝ればよかったのか。正しい選択はわからない。だがどれを選んだところで、あまり変わらない気がした。

胸が、ずきりと痛んだ。今まで考えないようにしていた痛みが、じわりと滲み出る。

「大丈夫?」

柔く胸を押さえていると、上から声が降ってきた。

ぼうっとしていたせいで、その声が達海のものだと気づくのに時間が掛かった。蒼生は慌てて姿勢を正し、座り直す。

「すみません。先ほどは……」

「どうして謝るの？」

慌てて笑顔を作った蒼生の謝罪を、達海は受け入れなかった。困ったように息をついて、達海は笑う。

「蒼生くんが謝ることなんて、何もないでしょ」

達海は蒼生の横に座ると、蒼生と同じように木に背を預ける。

「蒼生くんが謝るのは、おかしいよ。謝る必要なんてない」

「でも僕のことで、律さんと喧嘩になっていたはずです」

達海が穏やかな口調で宥めても、蒼生は頷けない。

「不要な、争いだったはずです。僕が、この屋敷にいるせいで」

「それは違うよ」

達海は、即座に否定する。

「それは、全然違う。蒼生くんは、何も悪くない。言っただろ？　俺は蒼生くんがご飯を作ってくれるだけで、めちゃくちゃ助かってるよ。俺は一人暮らしが長くて、手作りの飯って、食べた覚えがほんとにないんだ。俺の母親も料理が下手《へた》でさ。だから、すごくありがたい。それは、律も同じはずなんだけど」

「ありがとうございます」

思わず、蒼生は笑みを漏らした。達海が何とかフォローをしようとしてくれていることが、よく解る。それが嬉しいと思いながらも、申し訳なくなった。

「俺は、律の親友だって自負してるんだけど」

達海は苦く笑って、ため息をつく。

「それを差し引いても、ここ最近の律の言動はひどいって思ってるよ。正直、どうして蒼生くんが怒らないのか、怒らないにしてももうちょっと嫌な顔をしてもいいんじゃないかとか、見捨ててもいいんじゃないかとか、思ったりもしてる。でも、蒼生くんはそうしないよね」

「そうですね」

「どうして?」

即答した蒼生に、達海は心底わからないという表情をする。

「どうして、そこまで律に尽くそうとするの? 確かに、蒼生くんはこのお屋敷から出られないし、律と揉めるようなことをしたくないのかもしれないけど。それにしたって、律のためにそんなに一生懸命働く必要なんて、やっぱりないと思うんだよね」

「そうですね」

達海が言うことは、もっともだ。

律も同じように思っているのだろう。だが達海の質問に、蒼生は明確な答えを持っている。

「確かに律さんにとって、僕の言動は鬱陶《うっとう》しいだけかもしれません」

「そういう意味じゃないよ」

「でも、何か恩返しがしたくて」

「恩返し？」

達海は驚いた様子で、思わず姿勢を正した。

「恩返しって、律に恩なんてあるの？　むしろ、恩を感じなきゃいけないのは律の方なんじゃ……」

「昔、助けていただいたことがあるんです」

ぱちぱちと瞬きをする達海に、蒼生は微笑んだ。

「ずっと昔、子供の頃のことなんですけど」

「子供って、蒼生くんが子供ってこと？」

「はい」

「ってことは、律も子供……」

「そうですね」

「子供の頃に、律に会ってたの？」

「はい。きっと、律さんは覚えてなんかいないと思うのですが」

蒼生は、懐かしさに頬を緩める。

「だから律さんにとっては意味のないことでしょうし、僕が何をしたところで律さんにとっては迷惑なだけなのかもしれません」

「そんなことは――……」

「それでも」

蒼生は深く息を吸って、呼吸を整える。

「それでもずっと、いつか、律さんに恩返しができればと思ってこのお屋敷で働いていましたから。その、達海さんは僕が何をしていたのか、律さんから聞いて知っているんですよね？」

尋ねながらも、蒼生はそれを確信していた。

「その仕事は、決して人に誇れるものじゃなくて、楽しいものでもなくて。ずっと、辛かったんです。死んだ方がずっと楽になれるんじゃないかと、そう思ったこともあります。でも、いつか律さんに会った時に恩返しがしたいって思うと、それが生きる希望になりました。いつか、律さんにお礼ができれば。律さんが、喜んでくれれば。ずっと、そう思っていました。だから何か少しでも律さんのお役に立ちたいのですが、実際は気持ちばかりで、律さんを怒らせてしまってばかりで」

蒼生は、自分の言葉が恥ずかしくなる。

言葉にも気持ちにも、偽りはなかった。ただ自分のような人間が何を言っているのかと、笑われる気がする。

達海はもちろん、そのようなことはしないだろう。だが蒼生自身、自分が随分大きなことを言っていると思ったのである。

＊　＊　＊

その夜、蒼生は夢を見た。

視界にはいつも掃除をしている玄関に、手入れをしている庭。それに、毎日通る長い廊下が見える。

だがどれもがいつもと変わらないようでいて、少し違っていた。庭に植えられている花は種類が違うし、玄関は物が多い。廊下はいつもと変わらないが、灯りが点いていて明るい。

そういう小さな違いが現実ではなく夢なのだと、蒼生に認識させた。

そして、それはただの夢ではない。蒼生が幼い頃に実際に見た光景であり、蒼生の記憶である。

夢の中の蒼生は、十に満たない齢だった。本来であれば小学校に通っている年齢の頃、蒼生はこの屋敷に呼ばれた。

一体、何のために呼ばれたのか。

当時の蒼生は説明を受けていなかったが、子供ながらに察していた。

「お前を引き取りたいという方がいる。以前、お前を可愛がってくださった方だ」

新しい服に着替えさせられながら言われた言葉は、自分が売買されると認識するのに十分だった。つまり蒼生を購入したいという男に引き会わせるために、蒼生は屋敷に連れてこられた。

蒼生を屋敷に連れてきたのは、「教育係」の男である。教育係とは蒼生に性的な奉仕を教えた人間で、蒼生を商品に仕上げた人間でもあった。

その人間の名前を、蒼生は知らない。そしてこの屋敷に連れてこられる以前に、自分が何処で「教育」を受けていたのかも知らない。

ただその場所は深い森に囲まれた小屋で、部屋の中には寝具以外に何もなかったことを覚えている。子供が数人暮らしており、定期的に小屋から出て行き、また定期的に増えてもいた。

小屋には、不定期に男が尋ねてきた。

男は若いこともあれば、父親ほどの年齢、あるいは老人であることもあった。その名も知らぬ代わる代わる来る男の相手を、蒼生は強要されていた。「教育」された通り、受け入れ、男の性器を咥《くわ》えていたのである。

逃げ出したいと思ったことは、一度や二度ではない。だが逃げる先などあるはずもなく、厳重に管理された小屋からは逃げる手段もなかった。

そんな生活をしていたある日、小屋を出されたのである。

しかし出されたことを、蒼生は素直に喜ばなかった。

「此処を出ても、死ぬまで同じ仕事をさせられるだけだ」

小屋にいる誰かが言っていたのを、蒼生は覚えている。それは子供の勝手な妄想ではあったが、大きく外れているわけでもなかった。此処から去る子供は、誰かに買われた子供である。死ぬまで性的奉仕をさせられるかはともかく、生活が改善することは稀《まれ》だろう。

そのため、蒼生は屋敷に連れていかれることがいいことだと思わなかった。その時蒼生が思ったのは「初めての外の空気が嬉しい」ではなく、「逃げるのなら今だ」ということだった。

自分が何処にいるのか、蒼生には解らない。だが今を逃せば、もう逃げる機会はない。

蒼生は屋敷の敷地内にある離れに入ると、教育係の目を盗んで逃げ出した。教育係も、油断をしていたのだろう。敷地内は塀で囲まれているために、逃げると言ってもたかが知れている。それに蒼生が今まで従順に仕事をしていたこともあり、まさか逃げるとは思わなかったのかもしれない。

とにかく、蒼生は逃げた。

逃げる先など、考えていなかった。右も左もわからず、それでもできる限り今いた場所から遠ざかろうとした。

小さな足で、ひたすらに走った。だがそれなりの距離を走ったと思っても、同じ敷地内である。それだけこの屋敷の敷地は広かったが、当時の蒼生には想像もつかなかった。

蒼生は走り疲れると、周囲を見渡した。

前を見れば森があり、後ろを見れば高い塀がある。右を見れば大きな屋敷があり、左を見れば、今逃げてきた小さな離れがある。

結局、蒼生は屋敷を目指すことにした。そもそも体力があまりなく、走って疲れていた。屋根のある建物に入ろうとしてしまったのは、仕方のないことだろう。

人の目を盗むようにして、蒼生は屋敷の玄関をくぐった。今より、人が多い。当時は使用人も複数人おり、広く大きな屋敷は相応に賑やかだ。

蒼生は、奥へと進んだ。長い廊下を時折振り返りながら、やがて辿り着いた部屋の中に入る。

部屋には、誰もいなかった。大きな机と椅子があり、壁には美しい女性の絵が掛かっている。立派な額縁の絵を眺めつつ、蒼生は机の方へ向かった。姿を隠すのなら、机の下がいいと思ったのである。

だが蒼生は机の中に入ろうとして、足を止めた。机の下に、先客がいる。

それが、律だった。

蒼生と律の、最初の出会いである。

まだ幼い、小綺麗なシャツに可愛らしいサスペンダーを着けた小さな律が、机の下で丸くなっている。

もちろんこの時、蒼生は律が何者であるのかを知らなかった。ただ、自分とあまり年の変わらない子供がいたことには驚いた。

だが驚いたのは、律も同じようだった。蒼生を見るなり目を大きく開き、「うわっ」と声を上げた。だが、叫んだりはしなかった。代わりに呆然と立つ蒼生の手を握ると、勢いよく引っ張る。

「そんなとこに立ってたら見つかるだろ」

蒼生を机の下に引き込んでから、律は潜めた声で言った。

「家庭教師が、うるさいんだ。テストの点数だって良かったんだから、もう勉強なんてしなくていいのに」

「かていきょうし？」

「ああ、お前も誰かから逃げてるんだろ？」

何も知らない律は、勝手に蒼生を同類に認定する。

「お前は、父上のお客？」

「ええと……」

蒼生は戸惑った。

何と説明をすればいいのか、そもそもこの相手が何者であるのか、蒼生には解らない。だが自分を捉えようとしてる人間ではないことだけは、はっきりと解った。

「たぶん、そうです。でも、少し隠れていたくて」

「そうなのか」

蒼生の言葉を、律は疑わない。

「それなら、一緒に来るか？　俺も、逃げてるところなんだ。絶対に見つからない、とっておきの場所がある」

律は名案を思いついたとばかりに、机から出る。そして蒼生の手を引くと、部屋を出た。

律の方が、足が速かった。だが一生懸命に走る蒼生を、律は置いていかない。手を握って廊下を走り、一番奥の部屋に入った。部屋には、外に出る扉があった。律は扉を開けると、蒼生の手を握ったまま外に出た。

先ほどは逃げることに必死で気付かなかったが、空は雲ひとつなく晴れていて太陽が眩しい。蒼生が陽の光を浴びたのは、久しぶりだった。いつも暗い室内に閉じ込められており、扉が開くのは客が部屋に入る一瞬しかない。

蒼生は明るい庭を、律と共に走った。

律は、何処に行くのかを告げなかった。だが蒼生は手を引かれるがままに、律に付いて行く。

躊躇いはなかった。律が何者かは、解らない。それでも今まで自分が接してきた誰よりも、自分に優しい人間だと思ったのだ。

そうして、どれだけ走ったのか。

やがて森を抜けると、律は大きな煉瓦の塀と扉の前で止まった。初めて見る大きな扉に、蒼生は目を大きくする。

「外に出るの？」

扉と塀の大きさに圧倒される蒼生に、律は首を振る。

「そうじゃない。中に入るんだ」

「なか？　これは、お部屋に繋がってるの？」

「そうじゃないけど、とっておきの隠れ家だ」

律は誇らしげに、手にしていた鍵で扉を開ける。ゆっくりと扉を押し開くと、蒼生の手を引いて中に入った。

そこは、庭園だった。

高い煉瓦の塀に囲まれた、花園である。

まるで、今までいた場所とは別世界だった。真っ白なポピー、可愛らしいマーガレット。

白い花をベースに、色とりどりの花が庭園一面に咲き乱れている。中央には大きな木が一本あり、これも花をいくつも付けていた。

「此処は……」

「綺麗だろ？　お母様が手入れしてるお庭なんだ」

ぽかりと口を開けた蒼生に、律は説明する。

「お母様の庭だから、使用人も家庭教師も、誰も此処には入れない。鍵を持ってるのは、お母様と父上だけ」

「なのに、君は入れるの？」

「これは、俺専用の鍵だ」

手にしている紐の付いた鍵を、律は自慢げに見せる。

「来いよ」

律は鍵をポケットに仕舞うと、再び蒼生の手を握った。

蒼生は誘われるままに、庭の奥へ進んだ。子供にとっては高く感じる背丈の花を掻き分け進む。奥には、透明な硝子の温室があった。温室の扉の前まで来ると、律は蒼生を連れて中に入る。

中は、暖かかった。鉢植えの薔薇がいくつも棚に置かれており、花弁が陽の光を受けてきらきらと光っている。中央にはテーブルと椅子があり、律は蒼生を椅子に座らせた。

「お母様と、よく此処でお茶をするんだ」

律は自分も正面に座ってから、この庭の説明を始める。

「俺は火のつけ方がわからないから、今は淹れられないけど」

「此処で、お茶を淹れるの？」

「そうだ。そこに、暖炉があるだろ」

律は少し身体を倒し、指を差す。そこには小さな簡易式の暖炉があり、最近使ったばかりなのか、中には黒い燃え滓《かす》が溜まっていた。上には薬缶《やかん》が置かれており、確かに湯を沸かすことができそうである。

「あれで、お茶を淹れるんだ。部屋で飲むお茶より、ずっと美味しい」

「ふうん」

「此処はいい匂いがするし、綺麗だし、誰も入ってこないし、誰にも邪魔されない。俺の、とっておきの隠れ家だ」

「隠れ家って言っても、お母様のお庭なんでしょ？」

「そうだけど、俺にとっても特別な場所だ」

「とくべつ……」

蒼生は、辺りをぐるりと見る。

確かに、特別な場所だと思った。外界から遮断され、しかし上から光が降り注いでいる思えない。

ために、閉塞感はない。一面が花で覆《おお》われており、さまざまな香りが庭を満たしている。ガラス張りの暖かい温室から眺める庭は美しく、とても蒼生が生きてきた世界と同じとは思えない。

「俺は家庭教師から逃げたくなった時とか、嫌なことがあった時とか、そういう時に此処に来るんだ。誰もいなくて静かだし、綺麗だし、嫌なことを忘れられる。最高だろ?」

「そうだね」

「だからお前ももし逃げたくなったら、また此処に来いよ」

ぼんやり外を眺めていた蒼生に、律が意外なことを言う。

「此処なら、誰にも見つからない。俺も来るから、また会えるかもしれないしな」

「でも此処に入るには、鍵が必要なんでしょ?」

「そうだけど、これ、やるよ」

律は先ほどポケットに仕舞った鍵をずるりと引き出し、蒼生に差し出した。

「俺は、お母様が鍵を隠してる場所を知ってるから。それを使えば、いつでも入れるんだ。だから、これはお前にやる」

律は蒼生に鍵を渡すと、上から手を重ねて握らせる。

蒼生は、ただ驚いて鍵を見詰めた。誰かから物を貰うことが初めてで、どうすればいいのか解らない。だが徐々に嬉しさが込み上げ、笑顔がこぼれた。

「ありがとう」

強く、鍵を握った。そうしていなければ、何かが溢れ出てしまいそうなくらいに嬉しかったのである。

それから暫く、二人は温室にいた。律の言葉の通り、誰かが庭に入ってくることはなかった。庭は静かで、しかし鳥の声が時々聞こえてくる。

「花の蜜を吸いに来てるんだ」

鳥を視線で追っていると、律は教えてくれた。

どれだけの時間を、そこで過ごしたのか。

「そろそろ大丈夫かな」

やがて、律は椅子を降りた。律に倣って、蒼生も椅子から降りる。

二人は、温室を出た。温室との反動で、外が肌寒い。二人は再び花を掻き分けながら、来た道を戻っていく。

しかし庭園の外に出たところで、二人は足を止めた。

「げっ」

そんな律の声と共に視界に入ったのは、蒼生の知らない男だった。律の家庭教師である。

「こんな所にいらしたんですか」

家庭教師は、深くため息をつく。

「それに、いつの間にご友人を中に入れたんです?」

「こいつは、友達ってわけじゃ……」

律は、言い訳をする。だが、家庭教師は認めなかった。

「これで、一体何度目ですか。今日という今日は、お父様にご報告をさせていただきます」

男は問答無用とばかりに、律の首根っこを掴む。そして同じように、蒼生の腕も掴んだ。

「おい、やめろ!」

律は抗ったが、男は離さない。二人は律の父親のもとへと連れていかれた。

部屋に入ると、蒼生の見知らぬ男——律の父親——がいた。そしてその横には、蒼生の「教育係」がいる。

同じ「教育係」という役割を担っているにもかかわらず、律の家庭教師とはまるで別の教育をしてきた男だった。男から逃げたくて屋敷に入ったのに、結局、蒼生は逃げ切れず終わってしまった。

男の姿を見て、蒼生は青ざめた。

だが青ざめたのは、蒼生だけではなかった。蒼生が律と一緒にいるのを見て、教育係も同じように蒼白になったのである。まさか商品として扱っていた人間が、主の息子と一緒にいるとは思わなかったのだろう。

「これは、何と申し上げてよいか」

教育係は律と家庭教師がいることも忘れ、慌てて律の父に言い訳をする。

「少し、目を離した隙に。普段は、従順な子なのです。まさか、ご子息とご一緒になっていたとは、どうお詫びをすればよいか――……」

「律」

男はまだ何か言おうとしていたが、律の父は無視して息子に視線を向ける。

「お前は、もう外に出ていなさい。それと、先生の言うことをよく聞くように」

「ちゃんと聞いています」

「そうか、それならいい。もう、逃げてはならんぞ。次は、本当に部屋に鍵を掛ける」

「はぁい」

律は面倒臭そうな返答と共に、教師に連れられて部屋を出る。

出るとき、ちらりと蒼生を見た。蒼生も律を見ていたため、一瞬だけ視線が合った。それが、二人の長い別れになった。

蒼生は、教育係の男と律の父親の三人だけで部屋に残された。人がいなくなるなり、男は蒼生の髪を掴んだ。

「お前は、何ということを！」

髪を引っ張り、男は蒼生の頭を床に擦り付ける。

「今お前が一緒にいたのは、このお屋敷のご子息様だ。お前などが顔を合わせていい方ではない！　身を弁《わきま》えろ！」

「まぁ、待て」

律の父は椅子に座ったまま、蒼生を見た。口頭で男を止めはしたが、特に蒼生を助けようともしなかった。ただ蒼生の顔を、まじまじと見ている。

蒼生の、品定めだった。察した男は蒼生を立たせると、慌てて服を脱がせ始める。蒼生の身にまとうものが何もなくなると、父は改めて頷いた。

「ふむ、コレは宮堂さんが引き取ると言っていたものか」

「はい」

男は、焦った様子で頷く。

「明日のご訪問に先駆けて離れに移していたのですが、隙をついて逃げ出しまして」

「それはもういい」

再び言い訳をしようとした男を、律の父が止める。無言のまま、父は蒼生を上から下まで見ていたが、やがて深く頷いた。

「だがこれは、私のところで引き取ろう」

その言葉の意味が、男には解らなかったようだ。

「こちらで、お引き取りになるのですか？」

「ああ、宮堂さんには都合が悪くなったと伝えておけ。代わりに、別のものを用意しろ」

「では、これは離れに置くのですか？」

「宮堂さんがこの子に目を掛けたのが、解る気がするよ。確かに、見目がいい。この時期を過ぎても、長く使うことができるだろう。であれば、この屋敷の接待要員に丁度いい。離れに置いて、接待ができるよう教育をしておけ。これは、売るより手元に置いた方が利がありそうだ。だが、次は本当に人目に触れさせるなよ。特に、この家の人間には。事故になりかねん。だがそのリスクを鑑《かんが》みても、ふむ」

律の父は、改めて蒼生を上から下まで見る。

「実に、いい品物だ。早速、西川さんの接待にでも使いたい。彼には、頼まなければならないことがあるのでな」


そんな律の父の言葉と同時に、蒼生ははっとして目を覚ました。

目を覚ますと、いつもの自分の部屋だった。自分は子供ではなく、大人になっている。この場所は離れではないし、部屋の鍵も締まっていない。

（夢だ）

呼吸が、荒いままだった。息を整えながら、何故今更こんな昔の夢を見たのかと思う。だがすぐに、原因に思い至った。昨日、達海に過去の話をしたせいだろう。

それにしても、昔の夢を見るのは久しぶりだった。だが夢に見ずとも、十年以上前のことを蒼生は鮮明に覚えている。

夢の続きは、こうだった。

「手元に置く」

そう言った律の父と教育係は二人で話を進め、蒼生は最初に連れていかれた離れに戻された。蒼生は当時、二人の会話の意味を理解できなかった。だがすぐに、その意味を知ることとなった。

普段は離れにある一室に閉じ込められ、必要があれば屋敷に上げられる。そこで、蒼生は客人に対して言われるままに「奉仕」をした。

やっていることは、以前と何も変わらなかった。ただ少しだけ部屋が立派になり、共用部屋ではなく個室が与えられた。

だが仕事が苦痛であることに、何も変わりはなかった。

逃げようとしたことも、何度かあった。だが、そもそも部屋の鍵は開かなかったし、成長するにつれ、逃げることができないと理解するようになった。

以来、蒼生は逃げることを諦めた。諦めると、何をすれば自分が楽になるのかも理解できた。

心を殺した、ただの道具としての生活。

それに徹していると、蒼生の教育係も律の父も、対応が柔らかくなることを知った。だが時折、人としての感情を思い出すことがあった。律がくれた庭園の鍵を眺めている時である。

蒼生は鍵を大切にした。普段は首から吊るし、仕事の時はベッドの下に隠して部屋を出る。そして部屋に戻ると、使い道のない鍵を眺める。

鍵を見ているだけで、いつかの庭園と律を思い出した。

いつか、また律に会えるかもしれない。

会えなくても同じ敷地内にいるのであれば、その姿くらい見られるかもしれない。

蒼生は希望を持った。

仕事で屋敷に上げられれば、蒼生は律の姿を探した。抜け出すようなことはしなかったが、部屋の窓から、廊下から、遠目に見るだけでもいいと視線を向けた。

だが、律を見ることは一度もなかった。それは蒼生が離れを出ることを許されてからも、同じである。

真面目に仕事をしていたことを評価されたのか、蒼生は十四になった頃、敷地内から出ないことを条件に僅かな自由を許された。

蒼生が自由になって、真っ先に向かったのはあの庭園だった。

隠し持っていた鍵を手に、敷地の奥にある庭園の扉を開ける。美しい、あの光り輝くような庭園がもう一度見られると思っていた蒼生はしかし、扉を開けて呆然とした。

長く夢見ていた庭園は、以前とすっかり姿を変えていたのである。そこにあったのは枯れ果てた荒地で、花の一輪もなかった。温室はあるが薔薇の花はなく、硝子は所々が割れ、黒く薄汚れている。

何故、美しかった庭園がこれほどまでに荒れ果てているのか。

蒼生には、知る由もなかった。だが庭園には雑草が生い茂っており、長く人の手が入っていないことが解る。

当然、律の姿もなかった。

「俺も来るから、また会えるかもしれない」

律はそう言っていた。

蒼生は律の言葉を忘れたことはなく、いつか律に会えることを夢に見ていた。

だが蒼生が何度庭園を訪れても、律と会うことはなかった。

屋敷の何処にも律の姿がない理由を知ったのは、蒼生が離れを出て、屋敷で生活をするようになってからのことである。蒼生が、十八を過ぎた時のことだった。

律は全寮制の中高一貫校に入り、初めこそ休暇に帰省していたが、高校生になってからは帰っていない。

その事実を、蒼生は屋敷の使用人から聞いた。

それにしても、何故自分が突然、屋敷での生活を許されることになったのか。

蒼生は疑問だったが、説明してくれる人間はいなかった。だが「もう接待ができる年齢ではないんだろう」と解釈した。成長してしまった自分は、もう用済みなのだろう。

実際、蒼生が相手にする客は減っていた。だがそれは蒼生の魅力がなくなったという理由ではなく、単純に社会の情報化が進むに連れ、少年の売買などという危ない橋を渡ろうとする人間が減っていったためらしい。

のちに蒼生はその事実を知ったが、当時は知らなかった。

（用がなくなったのなら、このまま捨てられるんじゃ）

蒼生は不安になったが、追い出されることはなかった。屋敷の一室を与えられ、敷地内から出ないことを条件に自由を与えられた。

その瞬間から、蒼生は本当に自由になった。「接待」をすることもなくなり、ただ温かい布団にくるまって眠ることが許された。

二十を過ぎてから、律の父親の世話をするようになった。世話と言っても、性的なものではない。あくまでも身の回りの面倒で、徐々に減っていった屋敷の使用人の代わりに、食事を運んだり、茶を淹れたりするようになった。

この広い屋敷で、律の父親は一人だった。律は家に帰ってこなかったし、庭園を手入れしていたという母親はどこに行ったのか、写真ですら姿を見ることがない。

「旦那様も、寂しいんじゃないかしら。だから、蒼生くんをお屋敷に住まわせているのねぇ」

ある日、蒼生は使用人の一人に言われたことがある。その使用人は蒼生の事情など知らないため、突然蒼生が屋敷に現れた理由を、そう解釈したのだろう。

「このお屋敷も、人が減ったから。昔は使用人ももっといたし、何より律様と奥様もねぇ」

蒼生は使用人の言葉を鵜呑《うの》みにはできなかったが、少しだけ納得もした。

この屋敷は、寂しい。

大きさの割にあまりにも静かで、空間がありすぎる。

（何を思って、自分のような人間に世話をさせようと思ったんだろう）

その疑問を、蒼生はぶつけたことはない。そのために、疑問はついぞ晴れることはなかった。

そうして蒼生は律の父親が自殺をする直前まで、その身の回りの世話を続けた。

＊　＊　＊

「間に合わないものは間に合わない。メーカー側が折り合わないなら、別のメーカーに話すべきだ」

蒼生がいつもより少し遅く起きると、廊下には律の大きな声が響いていた。

「お前は何の交渉もしないから、そんな軽率なことが言えるんだ！」

彰の声も、いつになく大きい。

互いに遠慮がないのは屋敷の中である限り、誰かに聞こえる心配がないからだろう。だがそのせいで、争いは際限なく加熱していく。

「律、いいか。技術を持ってても、売れなきゃ意味がない。買ってくれる奴がいなきゃ、クズ同然だ。それが、どうして解らねぇんだよ。メーカーに言われたことができないなら、もう技術を売り払うしかねぇ。いい加減、そういうタイミングだろ」

「どうしてそうなるんだ」

返す、律の口調も強い。

「俺たちは、別に役に立たないものを作ってるわけじゃない。お前がメーカーを紹介してくれたことには、感謝してるよ。お前のパスがなけりゃ、いつまで経っても陽の目を見ることもなかった」

「それなら――……」

「だが、パスにもいいパスと悪いパスがある」

律は、彰の反論を許さない。

「いい付き合いができないなら、他のパートナーを探すべきだ。このまま奴らの言いなりになるだけなら、自分たちで会社をやる意味がない」

「他のパートナー？」

「そうだ」

「はっ、こんな無名の会社、何処の誰が相手にすんだよ」

彰が、吐き捨てるように言う。

「今のメーカーが買うって言ってくれてるのが、奇跡みたいなもんだ。そう言ってくれる会社がいるうちに、事業ごと売却した方がいい。その方がお前の技術も陽の目を見て、世のため人のためになる」

「売却はしない。俺の会社だ」

「ああ、そうかよ。じゃあ勝手にしろ。俺は、いつまでもこんな底辺の生活はごめんだ。金もなけりゃ、信頼も信用もない。会社どころか、俺だってジリ貧だ。確かに、俺はお前と夢を追いかけるって言って、お前の仕事に協力した。けど、夢を追うにも限界だ。もう到底追える状況じゃない！」

最後の怒鳴り声と同時に、彰が部屋から出てきた。力一杯に扉を閉めたせいで、激しい音が廊下に響いた。オフィスから少し離れた廊下にいた蒼生も、怯《おび》えるほどの音である。

部屋を出た彰はずかずかと廊下を歩いてきた。一瞬、蒼生と視線が合う。蒼生は鋭い眼光に怯えたが、息を呑む頃には彰は既にいなかった。途中で廊下を曲がり、玄関へと向かったのである。

それからすぐに、玄関が閉まる大きな音がした。屋敷を、出て行ったのだろう。彰の退出と同時に、賑やかだった廊下は静かになる。だが続いて、オフィスから声が漏れた。

「もう、いい加減にしなよ！」

聞こえたのは、悲痛な達海の声だ。

（最近、本当に多いな）

律と彰が揉めて、達海が止めようとして失敗する。そんな光景は、屋敷に会社が引っ越してきてから何度も繰り返されている。

だがその頻度が、多くなっている気はしていた。会社として守らなければならない期限が、迫っているせいなのだろう。だが理解したところで、蒼生にできることは何もない。

それに結局のところ三人は上手くやっている。

あれほどに揉めて文句を言いながらも、数時間もすれば三人は何事もなかったように仕事をしている。食事を出せば話をしながら食べているし、喧嘩を引きずっている様子もない。根本的に、仲が悪いわけではないのだろう。

だから事態は想像するよりもずっと問題なく、目に見えているよりずっと順調で、また明日も変わらぬ日常を繰り返すに違いない。

蒼生はそう思っていたし、恐らく律と達海も、同様に思っていたのだろう。だからこそ彰が出て行った時にも、追いかけなかったはずである。

だが、話は同じにはならなかった。

彰が、本当にいなくなってしまったのである。

翌朝になると、彰のデスクの荷物もパソコンもなくなっていた。ということは、あれから一度、彰は屋敷に戻ってきたのだろう。

そしてなくなっていたのは、彰の私物だけではなかった。作りかけの試作品のカメラに技術設計書。そういった類のものが、全てオフィスから消えている。

その事実を、蒼生は食事の時間になっても現れない律を呼びに行こうとしたところで知った。

最初に見つけたのは、達海だった。

「落ち着いて聞いてくれ」

蒼生がオフィスに入ったところで、達海が律に話しはじめた。

律はまだ起きてきたばかりのようで、テーパードパンツにしわのついたシャツをゆるく羽織った格好だった。達海のいつになく厳しい表情に、律は首を傾げた。

「何だ？」

「彰が、いなくなった」

達海の声は冷静だったが、顔は見たこともないほどに強張っている。

「荷物が、何もない。それに、作りかけのカメラも、書類もだ。書類はデータで残しているから、どうにでもなる。でももしかしたら、彰はそのままメーカーに持ち込む気かもしれない」

達海の声に、律は息を呑む。

一瞬の沈黙の後、律は近くにあったマグカップを壁に向かって投げつけた。

がしゃん。

激しい音と共に、カップが砕け散る。同時に、律は近くにあった書類の山をなぎ倒した。

床に散らばっていく紙を眺めながら、律は手元に残った書類をぐしゃぐしゃに握り潰す。

「どうして」

律が言ったのは、それだけである。

あとは何も言わずに丸めた書類を床に投げつけると、オフィスを出て行った。蒼生は扉の近くにいたが、律は蒼生を咎《とが》めるどころか、視線すらくれなかった。

オフィスには、達海だけが残されている。だが蒼生は達海に声を掛けることも、律を追いかけることもできなかった。

三人の関係の本当のところなど、蒼生には解らない。だが彰がもうこの屋敷に帰ってこないということだけは、蒼生にも解った。

結局、その日は仕事にはならなかったようだ。

昼間はオフィスに籠って出てこない律が、出て行ったきり一度も戻っていない。恐らく、自分の部屋にはいるのだろう。いつも開いている律の部屋の扉が、この日は閉じられていた。

達海は、暫くオフィスにいた。何度か彰に連絡を試みているようだったが、繋がっている様子はなかった。そんな姿を、何度も覗き見していたせいだろう。

「ごめんね、ごたごたしてばっかりで。律も、そのうち部屋から出てくると思うから。心配しないで」

達海は安心させるように、蒼生に言った。だが夕方になると、屋敷を出て行った。彰に連絡がつかず、律もいない。これ以上、一人でどうにもできないと思ったのだろう。屋敷は蒼生と律の二人になった。

だが日が暮れあたりが暗くなっても、律は姿を見せなかった。蒼生が律の姿を見ないのは、いつものことではある。だが、それは必要最低限しか見ないというだけで、これほど長く顔を見ないことはなかった。

（水すら飲んでいないんじゃ……）

蒼生は心配した。

律は自分のような人間に心配されることを、良く思わないだろう。それが解っているために、蒼生は昼間に何度か食事を運ぼうとして、結局やめている。

長く信頼していた人間に、裏切られたのである。一人になりたいのかもしれないし、もしかしたら部屋の中で仕事をしているのかもしれない。そんな律の、邪魔はしたくない。だがそれにしても、あまりにも時間が長すぎる。時計と開かない部屋の扉を何度も眺めているうちに、流石に不安になった。

蒼生が律の部屋を訪ねることにしたのは、夜の九時を回ってからのことである。

こんこん。

小さく、ノックをした。

中からの反応はない。暫く待って蒼生は再び扉を叩いたが、やはり中からは何の音もしなかった。

（寝ているんだろうか）

諦めて、蒼生は戻ることにした。

だが、最後にもう一度だけ。中から声が返ってきたのは、蒼生が三度目に扉を叩いた後だった。

「何だ」

声は近かった。扉のすぐ裏側に、律が立っている気がする。声が聞こえた瞬間、姿が見えないにもかかわらず蒼生は顔を上げた。

「一日、お部屋から出てこられないので」

無機質な扉に向かって、蒼生は話し掛ける。

「食事くらい、した方が良いのではないかと。そう思って、お伺いしました」

返事はなく、蒼生は律がもう扉の前からいなくなったのかもしれないと思う。だがそれでも、蒼生は諦めなかった。

「外に出られないのでしたら、温めてお持ちします。何か必要なものがあれば、それもお持ちします。それにもし、僕にできることがあるのなら、申し付けていただければ、何でもお手伝いをさせて――……」

いただければと。

蒼生は続けようとしたが、言い切る前に扉が開く。

蒼生は、驚いた。訪ねておきながら、話し掛けておきながら、しかし扉が開くとは思っていなかったのである。

扉が開くと、目の前に律が立っていた。朝と同じ格好で、いつもの小ぎれいな身なりでなく、顔色がひどく悪い。まぶたが重そうに目を細めて、眉間には深くしわが刻まれている。

その様子が、少し怖かった。律は蒼生に好意的な態度など、一度もとったことはない。それでも蒼生は律を怖いと感じたことはなく、こうして律が恐ろしいと思ったのは初めてである。

「たいした発想だな」

蒼生が無言のまま律を見上げていると、低い声が降ってきた。

「お前は、できることなら何でもと言うが」

律の顔には、ゆるやかな嘲笑が浮かんでいる。

「そんなこと、あるはずないだろう。お前は、彰じゃない。彰の代わりに、何かできるのか？　お前が設計書を作るのか？　それとも、営業でもしてきてくれるのか？」

「それは――……」

「できないだろう。そんなことは、言われなくても解ってる」

何もおかしくないのに、律は笑った。

「だから、何もしないでくれ。これ以上俺の悩みを増やして、俺を不快にさせるな」

「すみません」

威圧的に言う律に、蒼生は謝罪する。

何も、言い返すことができなかった。言い返すつもりもないのだが、本当にできることなど何もないと、改めて思い知らされる。水や食事くらいと思ってはいたが、今の律には不要なものだろう。そんなことで、今の律の気分が晴れるとは思えない。

「軽率に、お声を掛けてしまいました。でも今ではなくても構いませんので、必要なことがあったら呼んでください。お仕事のお手伝いはできませんが、それでも何か……身の回かった。

りのことであれば、少しはお役に立てるかもしれません」

この申し出に意味があるのかと思いながらも、蒼生は頭を下げる。

（これ以上此処にいても、律さんの気分を悪くするだろう）

それなら時を改めようと、蒼生はこの場を去ろうとした。だが、律の言葉は終わらなかった。

「なるほど、別のことか」

想像していなかった律の反応に、蒼生は足を止める。

律から得られた、初めての反応な気がした。こういう時だからこそ何か思いついたのかと、蒼生は顔を上げる。

「僕にできることが、何かありますか？」

どんな無理難題でも、些細なことでも構わない。

蒼生はそう思ったが、律の反応は蒼生が想定していたものではなかった。

「それなら、俺の気分でも鎮めてくれるのか？」

「え……？」

「気分を……」

律の言葉を理解しようと考えてみても、蒼生には見当もつかない。

「お前ができることは、そういうことなんだろう」

蒼生の困惑を、律は無視した。

「そういう方法でなら、確かに役に立つ。お前を買っていた人間が、どういう人間だったのか。それに親父が何を考えて、お前を手元に置いていたのか。何度か考えたが、全く理解できなかった。だが金持ちがお前のような人間を買って日頃の鬱憤《うっぷん》を発散してたんだとしたら、その考えも理解できなくはない」

律は蒼生の反応を待たず、腕を掴むと部屋に引きずり込む。

蒼生は突然のことに驚いたが、抵抗はしなかった。

「あの……っ」

息を呑み、声を掛ける。

だが、律は何も言わなかった。蒼生の腕を引っ張り、ベッドに投げ飛ばす。

蒼生はされるがままに、ベッドの上に転がった。訳が解らず呆然としていると、ベッドに律も乗り上げてきた。

転がる蒼生を、見下ろすように膝で立つ。相変わらず、律は何も言わなかった。無言のままベルトを外し、パンツのボタンを外してファスナーを下ろす。

その様子を、蒼生は目を丸くして見上げた。だが止めようとも、意図を確認しようとも思わなかった。

律が、何をしようとしているのか。

問わずとも解る。こうして目の前でパンツと下着を下ろし性器を晒されることが、蒼生は初めてではない。

自分が「仕事」をする時、こういう光景を何度も見た。まるで目の前にいるのが人間だと忘れているように、道具でも扱うように組み敷かれた。抵抗すれば怒鳴られ、従えば機嫌のいい猫なで声で褒められる。身体を開かれ挿入される頃には、もう自分は無機物に戻っていた。

誰かの、欲望を受け入れるだけの道具。

自分がそういう存在であったことを、一瞬で思い出す。

「お前ができることは、そういうことなんだろう」

そう、律は言っていた。

その短い言葉は、律が蒼生に何を求めているのかを理解させてくれる。

(そういうことか)

確かに、律は間違っていない。自分はこの仕事を長く続けていたし、自分にできることではある。

だが、律が要求してくるとは思っていなかった。律は自分をそういう目では見ていなかったし、何より過去の仕事を軽蔑《けいべつ》していると思っていたからだ。

だが律を、拒絶しようとは思わなかった。本当に律が求めているのなら、構わない。

一方で、このようなことが本当に律の役に立つのかとも思った。律は、自分が相手にしてきた客とは違う。客と同じことをしたところで、意味がないのではという懸念がある。

しかし、確かめる術はなかった。

律は蒼生の思惑など気にも留めずに、蒼生のパンツと下着をずり下ろしている。さすがに、無理矢理に相手の服を脱がすことには慣れていないのだろう。上手く脱がし切ることができず、下着が蒼生の腰で止まっている。

それに苛ついていることが解ったため、蒼生は律の手に触れて行為を止めた。

「自分で、できます」

律は小さく舌打ちした。だが蒼生の提案を受け入れる気になったのか、蒼生から手を離した。蒼生はのそりと起き上がり、自ら下着を下ろす。

その様子を、律は蔑《さげす》むような目で見下ろしていた。突き刺すような視線を受けながら、それでも蒼生は下肢の衣服をベッドから落とす。下半身だけ裸の間抜けな状態になると、自ら足を抱えて後孔に手を伸ばした。指先で触れ、割り開くように奥を律に見せる。

「大丈夫だと、思います」

そう言いながらも、不安はあった。

長く、セックスをしていない。他人を受け入れることが久しぶりで、上手くできるか解らない。自分が痛むだけならいいが、律が快楽を得られないかもしれない。

けれど、律は気にしていないようだった。

そもそも、律はセックスをしたいわけではない。望んでいるのは、ただのストレスの発散である。

律は蒼生の足を掴んで押し上げると、開かれた後孔へと性器を寄せた。自分のものを軽く手で扱いてから、無遠慮にそれを押し挿れる。

「ンンッ」

挿入されると、少し苦しかった。

知った感覚であるために、恐怖も嫌悪もない。ただ思ったより上手く力を抜くことができず、焦りはした。

だが、時間が解決した。何度も律の無理な抽送を受け入れているうちに、昔の感覚を思い出す。蒼生は長い年月にわたり、男を受け入れていた。それは悍ましく忘れたい記憶ではあるが、身体は覚えている。

蒼生は受け入れることに、徐々に順応した。

そんな蒼生を、律は嗤った。

「本当に、お前は娼婦なんだな」

嘲笑を浮かべながら、腰を揺する。

ただ嘲りの中にも僅かに快楽の色が見えて、蒼生は安堵した。そのせいか、身体から自然と力が抜ける。奥に感じた律のものが気持ちよくて、無意識に甘い声が漏れた。

「ンぁ……っ」

律の動きに合わせて、喉の奥から声が出た。声が自分の耳に響くと、蒼生は慌てて口を手で押さえる。だが、少し遅かったらしい。

「こんなことをされて、気持ちいいんだな」

涙を零し必死に声を飲む蒼生を、律は嘲弄《ちょうろう》した。

動揺して、蒼生は後孔をきゅうと締める。その自分でした行為に、また感じて震えた。気持ち良くなってはいけないと解っているのに、奥を擦られると気持ちいい。痛く苦しければ良かったのに、そうならなかった。声を抑えなければと唇を噛もうとするが、震えて上手くできない。

「ふうっ、あっ、んああっ」

「さすが、長年仕事をしていただけある」

「んっ、ンアア……っ」

「だが普通、娼婦ってのは客のことを第一に考えるんじゃないのか」

律は蒼生の足を抱え直す。

男を犯すのは、初めてなのだろう。律の動きは、やや乱暴である。蒼生の足を担ぐと、激しく腰を打ち付けた。

「悪くはないが」

律の動きは、無遠慮である。

そのせいで蒼生は苦しいが、あるのは不快感だけではなかった。内壁を擦られるたびに快楽が溶け出し、弱い部分を掠めれば意思と関係なく性器が勃ち上がる。足の指先を丸めて力を込めても、より律の肉を感じるだけだった。声を抑えようとすると余計に熱が籠もり、どろどろの快感が下腹部に溜まっていく。律の前で、律の手で、みっともなく喘いで射精してしまう。

そうなってしまうことが、蒼生は恐ろしかった。

「親父がこんなものを気に入って手元に置いていたのかと思うと、正直なところ、疑問だ。世の中には、もう少しましな商売女がいそうなものだが」

律は、行為に慣れてきたのだろう。徐々に腰を早く、陰茎を奥まで打ち付けてくる。狭く苦しいところが気持ちよくて、蒼生は深く息を吸った。だが、それが良くなかった。今までになく大きな声が、嬌声となって漏れてしまう。

「ふうンっ、ああっ、あああっ」

一度声を上げてしまうと、もう止められなかった。

「それとも、お前は変態親父たちが喜ぶ芸が、何かできるのか？」

「ンあっ、はあっ、あ……っ」

「どうなんだ」

律は奥まで挿入すると一度止まり、荒く息を吐き蒼生を見る。

蒼生は、首を振った。何も言うことができず、ただ必死に声を抑えようと両手で口を塞ぐ。

気持ちいい。もっと熱が欲しい。

蒼生は、その感覚が怖かった。自分の浅ましさを思い知らされたし、仕事をしていた頃と自分が何も変わっていないと思い知らされる。何より自分の姿を見て律が何を思うのか、容易に想像できることがつらい。

「どうなんだ！」

無言のままでいると、律は蒼生の奥深く挿入したまま怒鳴りつけた。それでも蒼生は、首を振ることしかできない。

やがて律は蒼生の返答を諦めると、再び無遠慮に突き上げ始め、あまり時間をかけずに射精した。その吐精に合わせ、蒼生は中を収縮させる。それが気持ちいいのか、律の表情は快楽に歪んだ。

「んぅ……っ、ぁ……」

蒼生はひくひくと身体を震わせ、律のものを全て体内に受け止める。

射精されている間、声は出なかった。律の射精が終わるのを待ち、細く息をし、懐かしく悍ましい、しかし不快でもない感覚を身体の中に感じている。

やがて律は精を吐き終えると、蒼生の中から出て行った。

射精を終えた律は、もう蒼生に目もくれない。蒼生の横に転がり、肩で荒い呼吸をしている。

蒼生もベッドに転がったまま、律を見た。だが息が少し収まると、よろよろとベッドの隅に寄る。此処は、律のベッドだ。自分がここにいることは許されないだろう。

蒼生は起き上がった。中で快楽を得ることに慣れた身体は、熱を持っている。まだ射精をしていないせいで、射精欲もある。

だがその欲求を、蒼生は殺した。

（早く、降りないと）

もう、自分の役目は終わったのだから。

蒼生は、ベッドに無言で転がる律を見る。

まだベッドにいる自分を、疎ましく思っているのではないか。

早く出て行けと罵《ののし》られるのではないか。

また醜い疎ましいものを見るような視線を送られるのではないか。

そう思っていたのだが、視界に入った律の表情は想像とは違った。相変わらず、顔色が悪い。それに射精したあとの開放感も快楽の色もなく、先程と変わらず眉間にしわを寄せたままでいる。

蒼生は、目を細めた。

蒼生が視線を向けても、律は何も返してはこない。無言のまま視線を外すと、蒼生はベッドを降りた。

床にしゃがみ込み、脱ぎ捨てていた下着を拾って身につける。尻も性器も濡れ汚れたままだったが、それを拭うことはしなかった。

簡単に身なりを整えてから、蒼生は部屋の出口へと向かう。律は無反応だった。まだ息を荒くしたまま、今度はごろりと転がって天井を眺めている。

蒼生は律に何も言わず、静かに部屋を出た。向かった先は自分の部屋でも風呂場でもなく、キッチンである。蒼生は薬缶に水を入れてコンロにかけると、今度はティーポットの準備を始めた。棚からハーブティーの缶を下ろし、ポットにスプーンで茶葉を入れる。

やがて薬缶からピィと沸騰音がすると、湧いた湯を注いだ。まだ湯を入れたばかりだが、ポットからはいい香りがする。蒼生はポットとティーカップをトレイに載せると、来た道を戻った。

律の部屋の前まで来て、ノックをする。中からの反応がなく蒼生は少し待ったが、結局、勝手に入ることにした。一度中に入っているし、今更怒られたところでとも思う。

部屋に入ると、律はまだベッドの上にいた。蒼生に向ける視線は相変わらず好意的なものではなかったが、蒼生は何も言わなかった。

ベッドの近くのテーブルの上にトレイを置く。カップに今しがた淹れてきたハーブティーを注ぎ、ソーサーに載せた。

その間、蒼生は何も話さない。沈黙の中、口を開いたのは律の方である。

「何だ」

カップを置いた蒼生に、律は尋ねる。

「俺の、ご機嫌取りのつもりか」

「そういうわけではありませんが」

鼻で笑った律に、蒼生は彼を見ないままに返す。

「少し、気分が落ち着くのではないかと。少なくとも僕の身体よりは、気分が落ち着くものです」

「何？」

「あまり、上手くなかったでしょう」

眉を寄せた律に、蒼生は遠慮がちに視線を向ける。

「律さんが、あまり、気持ちよくなかったのではないかと。こういうことは久しぶりでしたし、何より、僕はもともと仕事が得意ではありませんでした。教育係の方にも、よく叱られていましたし」

「教育係？」

「僕に、この仕事を教えた人です。この仕事が怖くて、嫌で、逃げ出そうとして。それに、中々上手くならなくて、何度も怒られました。律さんの言う通り、世の中のこういう仕事をされる方は、きっと、もっとまともな方が沢山いるんでしょう。僕はこんな仕事ですら、落ちこぼれだったんだと思います。それでも仕事ができていたのは、無理矢理犯すのが好きな人間がいるからだと。そう、教えられました。だから僕のような人間でも、需要がないわけではないようなのですが」

蒼生はゆっくり瞬きをして、視線を落とす。

「だからこんなことよりハーブティーの方が、律さんの気分が落ち着くんじゃないかと思ったんです。レモンバームと、カモミールを調合したものです。レモンバームは、気分の落ち込みや精神の高揚が鎮まる効果があると言われています。カフェインも入っていませんから、飲めば、少し眠りやすくなるかもしれません」

蒼生はトレイを置くと、出口へと向かう。だが部屋を出る前に、一度足を止めた。

「すみません」

律に向き直ると、蒼生は頭を下げる。

「本当にずっと、何か律さんのお役に立てればと思っていたんです。だから、こんなことでもお役に立てるのであれば、いつでも呼んでいただきたいと思っています。もし次があるのなら、もう少しまともな対応ができるといいのですが」

顔を上げると同時に、蒼生は部屋を出る。もう、律を見なかった。

蒼生が出て行くと、部屋には音が何もなくなる。時計の針の音もなく、外から聞こえた蒼生の足音もない。ただ以前と違うのは、柔らかなハーブティーの香りが漂っていることである。


その翌朝。

律は、いつもより少し遅い時間に目覚めた。

昨夜は蒼生に出されたハーブティーに、少し口をつけて眠った。ハーブティーの効能など、律は知らない。だが言葉の暗示のせいなのか本当に効果があったのか、飲んだのち、律は眠りにつくことができた。

目覚めてからも昨夜よりずっと、気分が落ち着いていると思う。簡単に身なりを整えてダイニングに行くと、既に達海がいた。

「おはよ」

達海は席に着き、蒼生が作った朝食を食べている。

「昨日より顔色がいいね」

パンを齧《かじ》りながら、達海は少し疲れた様子で笑う。

「蒼生くん、ご飯用意してくれるよ。食べたら？　昨日から何も食べてないんでしょ」

「ああ」

律は、いつもの席についた。間もなく、蒼生が食事を運んでくる。トーストにベーコンエッグ、簡単なサラダにコーヒー。蒼生は両手いっぱいの皿とカップを、律の前に並べていく。

「おはようございます」

食器を置き終えた蒼生が言ったのは、それだけである。昨夜のことなど何もなかったかのように、頭を下げると再びキッチンに戻っていく。

文句のひとつもなかった。疲労を見せることもなければ、昨夜の名残を見せることもない。現に達海は気づいていないし、何か聞いている様子もない。

ふとテーブルの端を見ると、冷え切ったベーコンエッグがあった。恐らく、蒼生の分なのだろう。律と達海に食事を出しながら、蒼生自身はまだ手をつけていないようである。

「食べないの？」

律がぼんやりしていると、達海が不思議そうに言った。律ははっとして、フォークを進める。出されたものを全て平らげてから、律はオフィスに向かった。

冷静になると、昨日は随分動揺していたと思う。突然のことにどうすべきなのか解らず、当たり散らした自覚もある。今日はまず、自分が散らかした部屋の片付けからになるだろう。

　そう思ったが、オフィスは綺麗に片付いていた。律が割ったマグカップは跡形もなくなり、散らかしていた書類も丁寧に揃えて机の上に置かれている。

（蒼生が片付けたのか）

　頼んでもいないのに、誰かに褒められるわけでもないのに、蒼生はいつも淡々と仕事をこなしている。

（一体、何のために）

　だがすぐに、全て自分のためなのだと気づいた。

「役に立ちたい」

　蒼生は、いつも言っていた。律がどんなに拒み非難をしても、蒼生はやめなかった。無意味で不快だと罵っても、昨夜のように無理矢理犯しても、その直後にはまた律のためにと身体を動かしている。

　それが、律には理解できなかった。必死に自分に尽くそうとする裏に、何か意図があるのだろうと思っていた。

　気に入られたい、大切にされたい。

　そんな理由があると思うと不快で、娼婦として同じことを父親にしていたと思うと更に嫌悪した。

だが恐らく、蒼生にはそのような意図はない。

この片付いた部屋を眺めていると、不思議とそう思えてくる。

(本当に、ただ俺の役に立ちたいだけなのか)

そうでもなければ、これほどまでに無反応な自分に仕え、身体を差し出し、文句も言わずに働くことに説明がつかない。

(だが、どうして)

理由は、未だに解らない。だが自分が大した理由もなく蒼生を傷つけてきたということは、さすがに理解できる。

自分は蒼生を罵り、犯し、蒼生をどうしたかったのか。

律がオフィスに立ちつくしていると、背後から声がした。

「どしたの?」

達海である。達海はいつもと何も変わらぬ様子で、のんびりとオフィスに入ってくる。手にあるマグカップは、食後の珈琲をそのまま持ってきたのだろう。

「オフィス、綺麗になってるでしょ」

自席にカップを置いてから、達海は律を振り返る。

「律がぶん投げたカップも、綺麗に片付けてくれてたよ」

「蒼生か」

「他にしてくれる人なんていないでしょ」

「それで、蒼生は」

呆れる達海に、律は反論しなかった。

「蒼生は、今朝も早く起きていたのか？」

「え？」

「今朝も、いつもと変わらない時間に食事を作っていたのかと聞いてるんだ」

「そうだけど。何で？」

質問の意図が解らない達海は、不思議そうな顔をする。

「蒼生くん、律のことすごく心配してたんだよ。昨日も、何度も部屋の前まで行ってたし。まぁ、部屋の前で折り返してたみたいだけど」

「そうなのか」

「それに、今朝も。律がなかなか起きてこないから、心配してて。自分が余計なことをしたのかもって、不安そうにしてたけど。覚えがあるなら、ひとことくらいお礼言ったら？」

「そうだな」

「えっ？」

律の反応が意外だったのか、達海は目を見開く。

「ほんとに、何かあった？」

「いや……」

律は、首を振った。達海に説明するつもりはないし、できるようなことでもない。

「何もない」

「そう？」

達海は、やはり不思議そうに首を傾げている。

そこで、この話は終わった。二人はこれから、仕事の話をしなければならない。


律が蒼生と話すことになったのは、夜になってからである。

「蒼生」

蒼生が夕食の片付けをしているところを見つけ、律は声を掛けた。

遅い時間になってしまったのは、何をどう話すべきか、ずっと考えていたからだ。話すべきことは、おそらく山のようにあるのだろう。何せ、蒼生とは一度もまともに話したことがない。だが会話を放棄《ほうき》してきたせいで、どう切り出していいのかが解らない。

結局、律は解決策を見つけられないまま声を掛けることにした。考えはまとまっていないが、時間が経てば経つほど話しづらくなる気がする。

「少しいいか？」

話し掛けられた時、蒼生は驚いていた。律がまともに声を掛けたのは、これが初めてである。無理もないだろう。

「何か、御用がありますか？」

「ああ。そこが片付いたら、俺の部屋に来てほしい」

ぱちぱちと瞬きをする蒼生に、律は単刀直入に伝える。だが言ってから、あまりに自分の言葉に脈絡がないことに気づいた。

「いや、片付いてからというか、風呂に入って、落ち着いてから、寝る前でいい」

「寝る前、ですか」

「ああ。あまり、時間は掛けないつもりだ。俺はもう部屋にいるから、いつでもいい」

「わかりました、伺わせていただきます」

蒼生が頷いたので、律は部屋に戻ることにした。蒼生の仕事と風呂が終わるまでに、まだ時間がある。その間に、もう少し頭を整理しようと思った。

ベッドに転がり、律は何からどう話そうかを考える。だが律の予想に反し、蒼生はすぐに部屋に現れた。先ほど声を掛けてから、一時間と経っていない。どうやら蒼生は仕事を慌てて片付け、部屋に来たらしい。そういう意図はなかったと申し訳なく思いつつ、律は蒼生を迎え入れた。

「入ってくれ」

ベッドを降り、蒼生が来るのを待つ。律の部屋には、窓の側に小さな丸テーブルと椅子がある。話をするなら、そこが丁度いいだろう。

だが、蒼生はそう思わなかったようだ。部屋に入ってきたものの、中に踏む込むことができず止まっている。

「こっちに来てくれ」

律の二度目の声が、漸く蒼生の呪縛を解く。律がベッドに腰掛けて待っていると、蒼生はその正面まで来た。

蒼生の髪は、少し濡れていた。ほのかに石鹸の香りが漂い、風呂上りのようである。

「あの」

律を見る蒼生の視線は、どこか不安そうである。

それなら、まずは蒼生の話を聞いてやるべきか。律がそう思って待っていると、しかし蒼生は想像もしていなかったことを言った。

「昨日よりは、上手くできると思います」

その言葉の意味が、律はわからない。

「何？　昨日より？」

「その、昨日は突然で、何の準備もできなかったので。ですが、今日はちゃんと準備もしてきましたし、昨日よりは上手くできると思います」

蒼生は、まだ不安そうである。

だがその言葉と濡れた髪を見て、律は蒼生が何を言わんとしているのかを理解した。昨日より上手く。つまり、蒼生は「性行為を目的に呼ばれた」と思ったのだろう。律は慌てた。

「いや、待ってくれ。俺は、そういう目的でお前を呼んだんじゃない」

蒼生はまるで、犯される準備を万全にしてきましたと言わんばかりである。

「俺はただ、話がしたかっただけだ」

「話？」

「つまり、昨日のことを謝罪すべきだと」

弁解しながら、蒼生が疑問を持つのは当然だと律は思った。

蒼生との対話は、今まで律が一番避けてきたことである。急に求められたところで、蒼生が理解できないのも無理はない。

「昨日は、その……」

蒼生の考えが想像できるために、律の歯切れは悪くなった。だが蒼生が引っかかったのは、別のことのようだった。

「謝罪……？」

蒼生は、心底律の言葉の意味が解らないというように瞬きをする。

「謝罪というのは、何についてでしょうか？　僕は、律さんに謝られるようなことは……」

「いや、しただろう」

律は思わず、声を大きくする。

「昨日、俺は……というか、昨日に始まったことじゃないが。俺は、お前に酷いことを言った。お前が自分の意思で、親父の商品だったわけがないことくらい、考えなくても解るのに。悪かった。それにそれとは別に、昨日のことについても謝りたい」

「そんな」

蒼生は驚くと、同時に慌てる。

「そんなこと、気にしていません。むしろ、言われていたことは事実です。僕は何もできなくて、無知で、律さんのお荷物で」

「それは――……」

「そうだと解っているのに、なのに役に立ちたいなどと言って、律さんを困らせてしまいました。謝らなくてはならないのは、僕の方で……」

困惑と動揺、それに悲痛さを、蒼生は滲ませている。

律は、もう何も返せなかった。

蒼生が表情を曇らせているのは、律の態度や言葉に対してではない。自分が何の役にも立てないことが、ただ辛いだけなのだろう。

「お前は、いつも『役に立ちたい』と繰り返していたが」

律はベッドから降りると、立ったままの蒼生にベッドに座るよう勧めた。律のベッドは、高い。ずり上がるようにして蒼生が座ると、自分は近くにある椅子に腰掛けた。蒼生と向き合って話せる体勢になってから、律は会話を再開させる。

「お前の意図が、俺はずっと理解できなかった。何か、裏があるんじゃないかと。そう、思っていたんだ。例えば親父に気に入られたように、俺にも気に入られようとしているとか」

必死に言葉を選んではみるが、正しいものを選べているのかが解らない。

「だが、それは俺の悪意のある解釈だったんだろう。だから、それは謝る。だが、だからこそ解らない。どうしてそんなに必死になる？」

正直な気持ちを、律は初めて言葉にする。

「俺は、親父じゃない。お前が働かなくても、お前を追い出したりはしない。何か仕事をしないとこの屋敷に置いてもらえないと思っているなら、それはお前の勘違いだ。だからお前がそんなに必死になる必要は、何もない」

「そういうことを、思っているわけではありません」

蒼生がやや瞼《まぶた》を伏せると、睫毛《まつげ》が揺れる。

「僕はただ、律さんに恩返しがしたくて」

「恩返し？」

蒼生の言うことが、律はいちいち理解できず会話が噛み合わない。

「それは、この屋敷に置いてやっているからか？」

「いいえ、そうではありません」

「それなら、何なんだ」

「僕は昔、律さんに助けられたことがあるんです。だから、いつかその恩返しができればと、ずっと思っていました」

ゆっくりと瞬きをして、蒼生は律を見る。

久しぶりに、律はガラス玉のような瞳を見た。律の姿だけを映す瞳は、嘘をついているようには見えない。だからこそ、再び疑問が湧く。

「助けたと言うが」

蒼生を助けた覚えが、律にはまるでない。

「俺がお前に会ったのは、あの代理人から紹介を受けたのが初めてだ。それなのに、どうして俺がお前を助けることができる？」

「ずっと、遠い昔のことです」

何かを懐かしむように、蒼生は微笑む。

「僕はまだ子供で、律さんも子供でした。このお屋敷に教育係の方に連れてこられた時に、僕は律さんに会ったことがあるんです。その時に、僕は律さんに助けていただきました」

「そんな昔のことを……」

律は、必死に記憶を辿る。

だが、思い当たることはなかった。子供の頃に蒼生に会った記憶など、やはり見つからない。

「俺は、覚えていない」

「当然です。二十年近く前のことですから」

「だが、お前は覚えているんだろう」

「はい、鮮明に」

「そうか。お前は、記憶力がいいんだな」

律は、少し笑う。

「俺は、何も覚えてない。申し訳ないが」

「そんなことはありません」

蒼生は首を横に振る。

「僕が覚えているのは、そのくらいしか思い出がないからです。僕はこのお屋敷に連れてこられてから、ずっと『仕事』だけをしてきました。学校にも行っていませんし、そのせいで学もありませんが、友人も、思い出もないんです。でも、律さんはそうじゃない。たくさんのことを学んで、たくさんの人に出会って、たくさんの思い出を作っているはずです。

そんな律さんが、僕と会ったことを覚えていないのは当然です」

蒼生は恥ずかしそうに視線を逸らす。

「長い間ずっと、僕にとって律さんは唯一の思い出でした。律さんは覚えていなくても、僕は生まれてこのかた、誰かに優しくされたのは律さんに助けられた一度きりで。だから押し付けがましいことは理解していますが、僕にとって、律さんは特別なんです。いつか律さんに会ったら、何かお礼を……お役に立てることが少しでもしたかった。そんな日が本当に来るなんて、思っていなかったんですけど。でも、いざ本当に来てしまうとだめですね。僕ができることなんて、やっぱり何もなくて」

蒼生の言葉を聞いて、律は何故、蒼生が恥ずかしげにしているのかを理解した。

自分には学がなく、できることもない。それなのに役に立てるなどと思っていたことが、恥ずかしいと思ったのだろう。

「そんなことはない」

自分を肯定しない蒼生を、律は否定する。蒼生は自己肯定しないのではなく、できないのだろう。そうさせてきたのは律なのだから、否定するのも自分でなくてはならない。

「いつも、食事も作ってくれている。達海が、いつも美味いと言っているだろう。俺も、美味いと思うよ。何もできないわけじゃない」

律の言葉が意外だったのか、蒼生は目を丸くする。

当然だった。今まで、律は蒼生を褒めたことなど一度もない。

「こんなことを突然言っても、信じられないかもしれないが」

律は蒼生ではなく自分に向けて、深くため息をつく。

「だが、謝りたかったのは本当だ。それに、助かってるのも。親父の……つまりそういう話を聞いて、お前を受け入れられなかったのは事実だ。だが、悪かった。お前は何も悪くないのに」

「そんなこと」

蒼生は慌てて首を振る。

「そんなこと、律さんに謝っていただくことではありません。律さんにとって僕が荷物でしかないのは、事実です」

「今はそんな風に思ってない」

「でももし本当にお役に立てているのなら、それは嬉しいです」

ありがとうございます、と蒼生は小さく付け加える。

蒼生の言葉は、どこか遠慮がちだった。律の反応を窺うように、言葉を選んでいる。

「礼を言うのは俺の方だ。何度も言えと、達海に言われていたのに。悪かった、ありがとう」

礼など人に言われて言うものでもないが、と律は苦い顔をする。

だが蒼生は再び目を丸くすると、恥ずかしそうに、それでも嬉しそうに笑った。

それから、律は蒼生と話すことが増えた。

朝起きれば「おはよう」と挨拶をするし、食事をすれば「美味しい」と反応する。「ありがとう」と礼を言うこともあり、蒼生は笑うことが増えた。

その律の変化に、驚いたのは達海だった。何せ、今までの律からは考えられない行動である。

（やっぱり、何かあったのか）

そんな視線を達海から感じていたが、達海は言葉では何も言わなかった。

昼間、また律は仕事をするようになった。途中で止まっていた、カメラの開発である。

彰はいなくなったままで、彰の持ち去ったカメラもない。あまり、良いとは言えない状況ではある。

だが、彰のことは警察に届けなかった。カメラの持ち逃げは、盗難ではある。だが元々は同じ会社の仲間であるし、憤《いきどお》りはあっても彰がそこまで悪人だとは思っていない。

一応、例のメーカーには連絡を入れた。遠回しに彰から接触がないか尋ねてみたが、担当者からの返答は否《いな》だった。ついでに、「トラブルがあって期限に間に合いそうにない」旨を伝えたが、担当者の反応は薄かった。

「そうですか。そんな気はしていましたが」

言われたのはそれだけで、向こうは端から自分たちを信用していなかったのではないかと律は改めて思った。

それでも、律はカメラを作り続けた。カメラ作りは、趣味ではない。本当に世の役に立つと思っているからこそ、この仕事をしている。メーカーとの関係が良好ではない以上新しいパートナーを探す必要はあるが、それは並行して考えればいい。

律は昼間は仕事をして、夜は蒼生を部屋に呼んだ。それはセックスを要求するためではなく、話をするためである。

今まで、律は蒼生と向き合おうとしなかった。そのせいで不要な敵意を蒼生に向けていたと、反省したこともある。それに何より、自ら作った蒼生との間の溝を埋めたかった。

「話し相手になってくれないか」

律が申し出ると、蒼生は喜んで受け入れた。

夜になると、蒼生がハーブティーを淹れて律の部屋に来る。そして窓際にある椅子に腰掛け、暗い庭を眺めながら二人で話をした。

律は蒼生の日々の生活の話を聞きながら、「外の世界」の話もした。屋敷から出たことがない蒼生に、見たことのないもの、聞いたことのないものを伝えようとしたのである。

蒼生の過去の話題は避けた。話すことはいくらでもあるし、今更蒼生の辛い過去を引きずり出したくもない。

律はそう思っていたが、この日は少し事情が違った。たまたま庭の花の手入れの話をしていたところから、過去の話になったのである。

「そういえば、お前は花の手入れをよくしているが」

と、話を振ったのは律だった。

「ああいうことが、好きなのか？　誰かに教えてもらったわけじゃないだろう」

いつからしているのかと尋ねると、蒼生は口元に手を当てて考える。

「そう……ですね。十四、五の頃でしょうか。その頃に、住まわされていたお部屋から、外に出ることを許されるようになったので」

「住まわされていた部屋？」

「はい。このお屋敷の離れです。僕は、ずっとその離れで暮らしていました」

「俺が子供の頃に、近づいてはいけないと言われていた場所だ。親父が、仕事をするための場所だからと」

「そうだったんですね。どうりで、誰もお見かけしなかったはずです」

蒼生は、ひとり納得している。

「その離れから出ることを許されたのが、十四の頃でした。もちろん、このお屋敷の敷地内から出ることはありませんでしたが。でもその頃から、花を植えたり、育てたりするようになりました」

「それは、庭師の手伝いをしていたということか？」

「というよりは」

蒼生は言いにくそうに、視線を逸らす。

「苗や種を、頂いていたんです」

「苗や種？」

律には、どういうことなのかわからない。

「一体、誰から？　何のために？」

「その頃になると、僕も下手なりに、仕事ができるようになっていたので」

蒼生はあまり、答えになっていない説明をする。

「だから、褒められることもありました。でも、僕はお金をいただくことはありませんでしたから。代わりにお願いをして、花の種や、苗を貰うことがあったんです」

蒼生は俯くと同時に垂れた髪を、ゆっくりとかき上げる。

「金銭ではなかったので、受け取っても咎められることはありませんでした。だから仕事の報酬として苗を頂いて、それをお庭に植えていたんです。僕は十八の頃に旦那様に呼ばれてこちらのお屋敷に住まわせていただくことになったのですが、それからも同じです。以前のような仕事をすることはなくなりましたが、旦那様の身の回りのお世話をする褒美《ほうび》として、やはり花の苗を頂いていました。何のためにかと言われたら、花を咲かせて育てることだけが、僕の楽しみだったからですね」

それだけが楽しみで仕事をしていたのだと、蒼生は恥ずかしげに笑う。

「種を植えて、芽が出て、育っていくのを見るのが楽しみでした。僕はあまり知識がありませんでしたが、それでも水をあげていれば、一応花は咲くんですよね。それに、花が咲き終わったら種もつけてくれますし。それを収穫して、また蒔くんです。でも、それをどうやって増やしたらいいのかが解らなくて、勉強しました。旦那様から、教えていただくこともありました。旦那様は、花を売る事業をされていたとか」

「ああ、そうだ」

「だから、僕の適当な手入れを見かねたのかもしれません。亡くなる数年前からは、よく声を掛けてくださっていました。庭を自由にいじることも許してくださいましたし、良くしていただいたと思っています」

「良くして……?」

律は蒼生の言葉に、違和感を覚える。

「親父が、お前に『良くして』いたのか」

「ええ。他に、どういう言葉を選べばいいのか解らないのですが。本も自由に読ませていただきましたし、お屋敷の中を自由に歩き回ることも許してくださいました。それまではずっと、自分にそんな自由が許されるなんて考えたこともなくて。だから当時はそのことが、とても嬉しかったんです」

「それは、良くされていたわけじゃない」

蒼生の言葉を、律は否定する。

「親父は、お前に親切にしていたんじゃない。お前をこの屋敷に上げたのは、その方が都合が良かったからだ。お前に商品としての価値がなくなったら、今度は使用人代わりに屋敷に住まわせた。部屋の出入りを許したのだって、お前に仕事をさせるためで、優しさなんかじゃない。お前を自由にさせたのは、そうした方が都合が良かったからだ。確かに親父は老いて、この屋敷に一人だった。だからお前には、寂しい老人に見えたのかもしれない。でもお前に向けたそれは、優しさや愛情なんかじゃない。良くしてもらったというのは、お前の勘違いだ」

「そうかもしれません」

蒼生は少し笑っただけで、律の言葉を否定しなかった。

「僕を手元に置くよりも、優秀な使用人の方がいたはずです。僕に身の回りの面倒を見させたのは、僕を屋敷の外に放り出す方が危険だと思ったからでしょう。そこに、情などなかったかもしれません」

「当たり前だ」

「でも僕は、誰かに愛情を向けられたことがなかったので」

蒼生はゆっくりと瞬きをして、長い睫毛を揺らす。

「そんなものでも、優しいとか、親切だとか、そういう風に思ってしまったのかもしれません。律さんの言う通り、それは僕の勘違いでしょう。僕より律さんの方が、旦那様のことには詳しいはずです。だからきっと、律さんが正しい。でも僕にはその優しさが本当なのか偽物なのか、区別がつかなくて。それに、利用するだけの優しさだったとしても、ないよりはずっと嬉しくて」

困ったように、蒼生は笑う。

「変なことを言ってしまって、すみません」

蒼生は、笑顔のままで謝罪をする。

（しまった）

律はハッとした。

蒼生に、謝罪をさせたかったわけではない。そもそも悪いのは、自分の父親だろう。それに何より、無神経なことを平気で言う自分だとも思う。

（どうして、俺はこう）

律は頭を痛めながら、黙ったままの蒼生に声を掛ける。

「蒼生」

「はい、何でしょうか」

「嫌なことを言ったな」

「えっ」

突然の律の言葉に、蒼生は驚いて声を上げた。

「前にも、謝ったばかりなのに。また、無神経なことを言った。優しさが本物なのかどうか、わからないと言ったな。だがそれは別に、珍しい話じゃない。俺だって、そういうことはある。現に俺はついこの間までずっと、お前の親切心が理解できなかった。お前は、長く辛い思いをしていたんだ。些細なことが嬉しいと感じても、別におかしな話じゃない。それこそ、数週間前の俺より、親父の方がずっとましだったんだろう。悪かった、本当に悪気はなかったんだ。俺は、根が無神経なのかもしれないな」

「そのようなことは――……」

「ある。そう、言っていいんだ」

蒼生に変な気を遣わせたくなくて、律ははっきり言い切った。

「俺は、親父じゃない。それに、お前の言っていた『教育係』でもない。お前が何を言ったところで、俺はお前を怒ったり怒鳴ったりはしない。いや、説得力がないのは解ってる。だが、お前に勘違いさせないためにも、一つだけちゃんと言っておきたい」

「何でしょうか」

「確かに俺はお前を此処に置けとあの代理人に言われた時、冗談じゃないと思った」

小首を傾げた蒼生に、律は続ける。

「お前のことが面倒で、目障りだと思って、到底受け入れられなかった。俺はその感情を隠さなかったし、お前にもそれは、嫌というほど伝わっていただろう。だが、今はもうそう思ってない」

蒼生の目を、律はまっすぐに見る。

「そのことを、ちゃんと伝えたかった。家のことをしてくれるのは、本当に助かってる。感謝もしてる。お前が何もできないなんて、もう思ってない。無能だともな。だからもう、俺に何かを遠慮したり、恐縮したりしないでくれ。引け目を感じる必要もないし、そうしてほしくもない。もっと好きなことをして、好きなことを言ってくれていいんだ。親父が死んで、お前はやっと親父から解放された。なのに俺と暮らし始めてから、お前は前よりずっと窮屈な生活を強いられていただろう」

「そのようなことは――……」

「あるはずだ。お前は俺に遠慮してるし、萎縮《いしゅく》してる。もちろん、それは全部俺のせいなんだろうが」

律は、自分の台詞《せりふ》に頭を抱えたくなりながら、眉を下げる。

「蒼生、俺が怖いか？」

律は尋ねる。

「親父より、俺が怖いか？　お前にとって、俺は親父より悪い人間か？」

「そんなわけありません！」

蒼生は焦ったように、ぶんぶんと首を振る。

「そのようなこと、あるわけありません。律さんは優しいです」

「それは、俺が子供の頃の頃にお前を助けたからだろう。まぁ、俺はそれを覚えていないわけだが」

「そんなことはありません」

蒼生は、珍しく語調を強くする。

「怖いなんて、思ってません。僕は子供の頃からずっと、いつか律さんにお会いできる日を夢見ていたんです。その夢が叶ったのに、怖いだなんて」

あるわけがない、と蒼生は息をつく。

「萎縮しているつもりも、ないんです。でも本当に自分に何かできているのか、それはずっと不安でした。だから律さんにそう仰《おっしゃ》っていただけて、安心しました」

蒼生はいつになく穏やかに、嬉しそうに笑う。

律はほっとした。この屋敷で蒼生と暮らし始めて、それなりの時間が経っている。だが律は蒼生の笑顔など長く見たことがなかった。顔を合わせる度に、自分が蒼生の表情を曇らせていたと思う。

（もう、ああいう顔は見たくないな）

不安になる顔も、困惑する顔も、怯える顔も。そういう表情はもうさせたくない。

人を大切にしたいと、初めて思った。

自分以外に頼る人間も世界も存在しないこの青年を、自分が守ってやらなければと思ったのである。

＊　＊　＊

それからの律は、できるだけ蒼生に自由な時間を与える努力をした。

「何かしたいことはないのか？」

尋ねなければ蒼生からは言わない気がして、律は積極的になった。

「必要なものがあれば買うし、手伝えることがあれば手伝う」

多少のわがままも聞くつもりで律は言ったが、蒼生の要望はささやかなものだった。

「それなら、また書斎に入らせていただけると嬉しいのですが……」

蒼生はもともと、書斎を好んでいたようである。だが律が責めたせいで、自ら「二度と入らない」と宣言した。言わせたのは律だったが、宣言をした以上、自分から入りたいとは言えなかったのだろう。

「もちろんだ」

律は即答する。

「好きな時に、好きな本を読んでくれ。花が好きなら、そういう本も入れておく。それに、そうだ。前に料理の本を読んでいたと言っていたな」

「はい」

「じゃあ、それも入れておく。それはそれとして、何か他に欲しいものはないのか？」

やや早口に、律は尋ねる。

だがあまりに急かしてしまったせいか、蒼生は言葉を返す前に笑った。

「ふふっ、いえ」

蒼生は肩を震わせながら、首を振る。

「特に、これというものはありません。お気遣いありがとうございます」

言い終わってもまだ蒼生が笑っていたために、「そうか」と律も笑みを浮かべた。

以来、蒼生は時間を見つけて、再び書斎に出入りするようになった。それに、カメラもまた弄るようになった。以前書斎に置き忘れてしまったそれと、再会できたからだ。

カメラ以外の時間は、書斎の陽の当たる場所で本を読んだ。一度読んだ本であることもあれば、律が買い足した本であることもあった。

その姿を、律はときどき廊下から眺めた。仕事の合間に通った時、蒼生の姿を確認するようになったのである。

「そんなに本が好きなのか？」

いつものように蒼生が本を読んでいたある日、書斎に立ち寄った律は尋ねた。

しかしすぐに、愚問だったと気付いた。蒼生には、本以外に娯楽はない。娯楽がないから本を読み、花を育てているはずである。

（また、余計なことを聞いた気がする）

他に何もすることがない、と返されるだけなのではないか。

律はそう思ったが、蒼生から返ってきた言葉は想像とは違った。

「僕は、学校に行く機会がなかったので」

蒼生は、読みかけの本を閉じて答える。

「だから、本を読むことでしか、何かを学ぶことができなかったんです。簡単な言葉であれば読むことができたんですけど、難しい言葉は、大人になるまで解らなかったくらいで」

でも知識が増えるのは楽しいことだから、本は好きだ。

そんな蒼生の言葉に、律は納得した。蒼生が娼婦として生きてきた割に仕事ができるのは、この書斎で知識を得ていたためなのだろう。だが、再び疑問が浮かんだ。

「それなら、どうやって文字を学んだんだ？」

蒼生は、学校にも行っていない。

「お前のその『教育係』は、読み書きも教えてくれたのか?」

「そうではないのですが」

蒼生は律の問いに答えながらも、珍しく苦い顔をする。

「以前、仕事の際にお客様から花の苗を頂いたことをお話ししたと思うのですが、その時に、本を頂くこともあったんです」

「客から?」

「はい。浅ましいとは、承知の上ですが」

蒼生は、伏し目がちに前置きをする。

「本が読みたいと、何度か強請ったことがありました。そうでもしないと、文字を読むことも、学ぶこともできなかったので。僕は本来、勉強をする必要はなかったと思います。ご奉仕をするだけであれば、文字の読み書きなど必要ありませんから」

それに客は頭の悪い、ただセックスができるだけの商品を求めている。

そうは蒼生は言わなかったが、そういう客が多いのは事実だろう。

「でも、僕はいつか律さんにお会いした時、何かお役に立ちたいとずっと思っていたので。文字の読み書きくらいのことはできないと、何もできないと思ったんです。それで必死に勉強をしたのですが、結果的には、やっぱりできないことが多くて。それでも、文字が読めてよかったです。本を読むのは、とても楽しいですから」

蒼生の声は、明るかった。自分の過去の話をしているのに、暗い色はない。蒼生は以前より、よく喋るようになった。謝罪と礼だけを繰り返していた頃と異なり、律に対しても緊張せず話をすることができている。

それをいいことだと思いながらも、やはり律は余計なことを聞いたと悔やんだ。

「そうか。もし読みたい本があるのなら、言ってくれれば入れておこう。何か、読みたいものはないのか?」

親切心のつもりで、律は尋ねる。だが、蒼生は困ったようだった。

「読みたい本、と言っても……世の中に何があるのか、わからないんです。僕は、此処にあるものしか見たことがなくて」

だから何が欲しいかと言われてもわからないと、蒼生は焦る。

だが、慌てたのは律も同じだ。言われてみれば、蒼生はこの屋敷から出たことがない。一体この世の中に何があるのか、知らないのは当然である。

「それなら、本屋にでも行かないか」

蒼生に少しでも喜んでほしくて、律は提案する。

「確かに、見なければ解らないだろう。少し外に出るくらいなら、問題ないはずだ。外に行けば此処よりずっとたくさん本があるし、見て選ぶこともできる」

律は名案だと思ったが、蒼生の反応は良くなかった。

「いえ、何かあっても困りますし」

「何か？」

「はい。僕はずっと、このお屋敷から出たことがないので。突然外に出ても、ご迷惑をおかけしてしまうと思います」

「俺が一緒なら、困ることもないだろう」

「でも、怖いというのもあって」

蒼生は不安を隠さず、申し訳なさそうに言う。

その様子を見て、律は昔見た映画を思い出した。

映画の中で囚人の男が、同じような台詞を言っていた。長年監獄にいた男がいざ出所となると怖くなり、結局、刑務所の外の生活に慣れることができず自殺した。

その映画の男と、蒼生が重なった。

蒼生は、囚人ではない。悪いことはしていないし、悪人——つまり律の父親——に利用されていただけである。だが長く続いた閉塞的で強制的な生活は、今も蒼生の中の何かを蝕《むしば》んでいる。

「そうか」

律は強制はしなかった。今は駄目でも、いつか外に出たいと思う時が来るかもしれない。

その時が来れば改めて外に連れ出してやればいいし、出たくないのなら書斎で過ごせばいい。

だが律はこの話をそこで終わりにしなかった。

外出の提案をした、二日後。

律は、蒼生に電子タブレット端末を買って渡した。中にいながら外の世界を見るには、丁度いいツールだろう。ネットにさえ繋いでいれば、どんな情報でも手に入る。

「これを使えば、本も読めるし雑誌も読める。ニュースを見ることもできるし、動画も見れる」

律は、丁寧に蒼生に使い方を説明した。教えられた通りに、蒼生はディスプレイに触れる。指先で画面を動かしながら、アプリを立ち上げ、表示されたニュースを流していく。

蒼生は感動したようだった。

「すごい」

蒼生は目を輝かせて、律を見る。

「これ、すごいです」

「そうか」

「嬉しいです、大切にします」

蒼生は礼を言う時だけ律を見て、すぐにディスプレイに視線を戻してしまう。

思わず、律は笑みを溢した。少し教えれば蒼生は理解し、あとは勝手に学んでいく。楽しげに操作をする姿を見ていると、こんなものでも渡して良かったと思う。

タブレット端末など、珍しいものでも高価なものでもなかった。今時スマートフォンなど誰でも持っているし、タブレット端末も手の届かないものではない。だが蒼生は心底嬉しそうに、楽しそうに、渡された端末を弄っている。

（よかった）

蒼生が幸せそうにしている姿が、嬉しかった。一方的に与えられているのではなく、自分からも何かを与えることができているのだと、蒼生の笑顔は自覚させてくれる。

そして蒼生の笑顔は同時に、律に別の感情も自覚させた。

愛しい。

これまで他人に抱いたことがない感情を、律は蒼生に感じている。

それからも、律は夜になると蒼生を部屋に呼んだ。

蒼生はいつも、ハーブティーを淹れて部屋に持ってくる。窓際のテーブルにカップを二つ置き、二人は飲みながら話をした。

「達海とは、古い付き合いなんだ」

律は、達海の話もした。

「もう、十年以上になる。昔からああいう性格で、俺とは正反対だったよ」

「正反対、でしょうか？」

「正反対だろう」

達海の話になると、律は時々自虐的《じぎゃくてき》になる。

「俺はあんなに明るくないし、気遣いもできない。達海は俺みたいに怒鳴らないし、偏見もない。それに俺が怒っても掴みかかっても翌日には忘れてるし、根に持つこともない」

「いいところしかないですね」

「実際、そうだからな。高校生の最後の夏、受験で忙しくて遊ぶ暇もなかった頃、一日だけあいつと遊ぶ約束をした。一日くらい、息抜きをしてもいいと思ったんだ。それで海に行こうという話になって、昼過ぎに現地集合で待ち合わせをした」

「楽しそうですね」

「だが、俺は連日の寝不足で起きられなくてな。気がつけば夕方で、達海は一日中、一人で海で待ってたそうだ」

「一日中ですか？」

「連絡が取れないなら、放っておいて帰ればいいだろう」

過去を懐かしむ気持ちと呆れる気持ちが混じって、律は笑ってしまう。

「だが、あいつは帰らなかった。せめて、海で女でも捕まえて遊べばいいのに、それもしなかった。連絡がつかない俺に何かあったんじゃないかと思って、不安になりながら待っていたそうだ。謝罪の連絡を入れたが、達海は怒らなかったよ。俺が無事で良かったと言って、そのまま二人で晩飯に行った。俺の高三の、唯一の楽しい思い出だ」

「そんなことが……」

「まぁ、それにしたって呑気《のんき》に待ちすぎなんじゃないかとも思うがな」

熱中症にでもなったらどうするつもりだったのか、と今思い返しても心配になる。

「とにかく、根っからのいい奴なんだ。じゃなきゃ、俺とこんなに長く付き合えるわけがないだろ？」

「律さんは、まるで自分が悪い人間みたいに言うんですね」

「悪いだろう。すぐに怒鳴るし、ものも投げる」

「それは、その……」

「お前今、自信家の割に変なところで卑屈な奴だって思っただろう」

「そ、そんなこと思ってません」

「まぁ、お前は俺に関しては、変なフィルターを掛けて見てるところがあるからな」

そうは思わないのかもな、と律は蒼生が愛らしくなる。

「実は会社を始めたばかりの頃にも、今回と似たようなことがあった」

「似たようなこと？」

「俺はよく、彰と揉めてただろう。あれと、似たようなことだ」

律は、カップの茶を一口飲む。

「その時も、彰と揉めてた。揉める理由は、今よりずっと多かった。些細なことではあったがな。だがそのたびに、仲裁に入ったのは達海だった。俺も彰も、考える前に口を開いてる。よく、揉めたよ。それでも三人で続けられていたのは、達海がいたからだ」

「確かに、いつも仲裁役は達海さんでしたね」

「まぁ、もう仲裁に入る必要もなくなったが」

「律さんは」

肩を竦める律に、蒼生は穏やかに言った。

「律さんは、達海さんのことが好きなんですね」

「好き……？」

言われ慣れない表現に、律は驚いた。

「好きかと言われると、よくわからないな。確かに、他の奴よりはずっと付き合いも長いし、特別な友人ではあるが。好きという言葉は、どうもくすぐったい」

「特別な友人……」

蒼生は律の言葉を繰り返すと、思案するように口を閉じる。

「蒼生？」

ひとり考え込んでしまった蒼生に、律は声を掛ける。

「どうした？　眠いのか？」

「いえ」

ぼうっとしていたことを自覚していたのか、蒼生は慌てて首を振った。

「そうではありません。ただ、達海さんの話をする律さんが楽しそうなので」

「楽しそう？」

「ええ。だから、僕も楽しいなと思いまして」

蒼生が笑顔になる。蒼生の言っていることが少し解って、少し解らなかった。自分のくだらない話を聞いて、本当に楽しいのか疑問である。だが同時に、蒼生が楽しいのならそれでいいとも思う。

「そうか」

蒼生が笑ってくれることが嬉しくて、律も自然と笑みがこぼれる。

「よかった。俺は達海ほど愉快な話をしている自信はないが、お前とこうして話をするのは楽しいよ。だから、お前が楽しいのなら嬉しい」

律がそう言うと、蒼生は目を丸くした。親しくなってはいても、こういう言葉には慣れないのだろう。だがすぐに、嬉しそうな表情に戻る。

「僕もです」

それからは、あまり会話することなく二人で茶を飲んだ。静かな言葉のないこの時間も、律は嫌いではない。


二人だけの短い夜の時間を過ごし、蒼生は自室へと戻った。

一度セックスと言うには微妙すぎる性行為をして以来、蒼生は律の部屋で寝ていない。あくまでも律の部屋を尋ねるのは話をするためで、それ以上のことは一切ない。

蒼生は自室に戻ると明日の分の衣類を用意して、明かりを消してベッドに潜った。

だがこの日、蒼生は毛布に包《くる》まってからも眠ることができなかった。冴えた目で、真っ暗な、何も映らない天井を静かに眺める。

（特別な友人、か）

律が達海に対して言っていた言葉を、頭の中で反芻《はんすう》した。

確かに、その通りだと思った。律と達海は、蒼生から見ても特別な友人である。互いに信頼関係があるし、互いのことを知っているし、だからこそ多少の諍《いさか》いも受け入れることができるのだろう。

（それなら、僕と律さんは何だろう）

蒼生が暗い天井を眺め思うことは、それである。

自分と律の関係が何なのか。

蒼生には解らなかった。以前は、完全な他人だっただろう。律もそう思っていただろうが、同じ屋根の下に暮らしているだけで関係性など何もなかった。

だがここ最近は二人で話すことが増え、律との距離はずいぶん縮まった。もう他人というほど、縁遠くもない気がする。

では主人と使用人かと言われると、少し違うと思った。確かに蒼生は、使用人のような仕事をしてはいる。律のために働きたいと思っているし、そのことは問題ない。だが使用人かと言われると、そうではないだろう。主人は普通、使用人と茶を飲んで話などしない。

（それなら、友達……？）

もしそうであれば、嬉しいと思う。

特別なものでなくてもいい。自分が達海のように律と対等に何かできるとは思わない。それに達海とは付き合ってきた時間も違うのだから、同じようにいかないことは解っている。だが律が自分を友人として見てくれるのなら、それ以上のことはない。

（明日も、また部屋に呼んでくれるだろうか）

いつまでも、この関係が続けばいいと思った。

もっと律と話がしたい。

もっと律のことが知りたい、律といたい。

叶うのならと思いながら、蒼生は静かに眠りについた。

「お前、髪が伸びてきたんじゃないのか?」

蒼生が律にそう言われたのは、「夜の茶会」が何度か続いたある日のことである。

また呼んでくれるだろうかという蒼生の不安を他所に、律は毎夜蒼生を部屋に呼んだ。その度に、蒼生は茶を持って部屋を訪ねる。だがしているのは本当に他愛《たわい》のない話で、自分の姿について指摘をされたのは初めてだった。

確かにここ最近、髪を切った覚えがない。元々が長めということもあり、意識もしていなかった。だが言われてみれば、前髪がよく目に掛かるようになった。

「そう、ですね。確かに、切った覚えがありません」

「そうだろう」

「鬱陶しいでしょうか?」

「別に鬱陶しくはないが、仕事がし辛いだろう。本を読むにも邪魔そうだ」

律はまじまじと、蒼生の顔を覗く。

「今までは、どうしてたんだ?」

手を伸ばし、蒼生の前髪を掻き上げて律は尋ねる。

「自分で切ってたのか?」

「たまに、お屋敷の家政婦さんに切ってもらっていました」

「律さんのように、邪魔だろうと仰る方がいて。自分で切ることもできなかったので、お任せしていました」

「家政婦に？」

「そうなのか」

蒼生から手を離し、律は何やら考えている。やがて思いついたように、席を立った。

「それなら、俺が切ろう」

「えっ？」

思わぬ声に、蒼生は目を見張る。

「律さんが？」

「ああ。自分で切れないなら、俺が切るしかないだろう。美容師を呼んでやりたいが、そういうわけにもな」

「で、ですがそのようなことをお願いするわけには」

律に続くように、蒼生も慌てて席を立つ。

「大丈夫です、自分でできます」

「今、自分で切れないと言ったばかりだろう」

「そうですが、鋏《はさみ》を入れるだけですし」

「鋏を入れるだけなら、俺でもできる。待ってろ」

それ以上蒼生に否応を言わさず、律は部屋の隅から鋏を取ってくる。ついでに棚の上のあったバスタオルを取ると、蒼生の肩に掛けた。今朝方風呂上がりに使ったものらしく、畳まれてはいないが乾いている。

「使ったあとのタオルだが、まぁ髪を受けるだけならいいだろう」

律はひとり納得した様子で、散髪の準備を整えた。

「俺も器用じゃないが、お前が自分でやるよりきっとましだ」

律は蒼生を座らせると、背後に立ち、首のあたりの髪に触れる。髪を指に掬《すく》われ、少し頭が軽くなったように感じていると、シャキ、と背後で音がする。

「動くなよ。お前を変な髪型にしたくない」

鋏の音に蒼生は驚いたが、律に言われると動けなくなった。

髪を切る間、律は無言だった。つられて、蒼生も口を開けない。静かな空気は蒼生を緊張させたが、それ以上に律に髪を触られることに緊張した。

触れる手が、温かい。

だが温かいと感じた頃には離れていき、今度はその熱を首元に感じる。それに耐えられなくて、

「あの……っ」

と、蒼生は声を上げた。

だが、律は止まらない。

「蒼生、向きを変えてくれ」

「えっ？」

「後ろは、だいたい揃った。それより、前髪の方が邪魔だろう。向きを変えて、自分でタオルを持ってくれるか？　髪が落ちる」

律は切った髪が落ちないよう丁寧にタオルを外し、蒼生に渡す。

そうされると、蒼生は受け取らないわけにいかなかった。自分が手を離せば、今しがたタオルが受け止めた髪が全て床に散ってしまう。

蒼生は椅子の向きを変え、タオルを広げて持った。すると、律と向き合う形になる。

律は、まっすぐに蒼生を見ていた。おそらく蒼生ではなく髪を見ているのだろうが、その視線が蒼生には痛い。

「あの……」

「黙ってろ。口に毛が入るぞ」

律は鋏を持ち直すと、再び蒼生に手を伸ばす。額に指先で触れてから、少し前髪を揃った。揃った髪に縦に刃を入れ、少しずつ切っていく。その手は以前、カップを投げ割っていた人間と同じとは思えないほどに優しい。

時間を掛けて、律は髪を切った。その間、何度も長さを確かめながら、蒼生の額や耳に触れる。その度に、蒼生は触れられた箇所が熱を持つ気がした。

(熱い……)

触れられた場所だけでなく、律に見つめられた場所も熱を持つ気がする。

(早く終わってくれないと、顔が赤くなる)

だが同時に、もっと触れてほしいとも思った。髪を切るという作業をしているだけなのに、律が触れる場所が心地いい。指が頬に触れるとその熱に反応し、擦り寄せたい衝動に駆られる。

そんな蒼生の心境などお構いなく、やがて律は髪を切り終えて鋏を置いた。ついでに蒼生からタオルを奪うと、髪が落ちないよう丸めて床に置く。

律は改めて、蒼生の仕上がりを見た。蒼生は、自分の髪が今どうなっているのか解らない。だが律の表情は晴れやかで、どうやら律が納得できる程度には仕上がっているらしい。

「どうだ、すっきりしただろう」

律は満足げに、蒼生の頭に残った髪をぱさぱさと払ってくれた。

「ありがとう、ございます」

首元をくすぐっていた毛が、床に散った。

「確かに、頭が軽くなりました」

「そうだろう。鏡を持ってきてやる」

律は近くを探し、見つけた手のひらサイズの鏡を蒼生に渡す。蒼生が鏡を覗き込むと、確かに素人《しろうと》の割には立派に仕上がっている。

「ありがとうございます」

首を振り、中に残っている髪を落とす。

「でも今度からは、自分で切れるように練習します」

「何？」

思わぬ返事だったのか、律はぴくりと反応した。

「どうして？　俺の腕じゃ不満か？」

「そういうわけではないのですが」

蒼生はどう言ったものかと、視線を泳がせる。

「ただ、緊張してしまうので」

「緊張？」

「はい」

「心配しなくても、お前を丸坊主になんかしない」

「そ、そういうことを言っているのでは」

「じゃあ何なんだ？」

(律さんに触れられると、心臓の音が聞こえてしまいそうだから)

理由を言えない蒼生に、律は心底不思議そうな表情を向ける。そして勝手に納得したようだった。

「なるほど。俺に、一方的に世話をされるのが受け入れられないのか」

「えっ？」

「俺は普段からお前に世話になってるから、たまにお前の役に立つことをしてやりたいんだ。染み付いているのかもしれないが、人の好意を素直に受け入れられないのは考えものだな」

律は苦笑している。

そこまで深く、蒼生は考えたことがなかった。だが言われてみれば、確かに律に与えることなら何でもできるのに、律から与えられることには慣れていない。

（確かに、染み付いているかもしれないけど）

良くないことなのだろうか。

蒼生が考え込みそうになっていると、律は引き戻すように声を掛ける。

「だが、そうだな。もし気が向いたら、お礼にスコーンを焼いてくれないか？」

「えっ？」

あまりに突拍子もない発言に、蒼生はぽかりと口を開ける。

「スコーン、ですか？？」

「ああ、スコーンって解るか?」

「解ります。お好きなんですか?」

「昔、母親によく作ってもらった」

「お母様に……」

意外な話が出てきたと、蒼生はぱちぱちと瞬きをする。

「俺の母親はお前と違って、あまり料理が得意じゃなかった。家事をすることもなかったし、働いてもなかった。だが息子のために、母親らしいことを何かしようと思ったんだろう。茶会に合わせて、スコーンを焼いてくれたことがあった。まぁ、これがあまり美味くなかったんだがな」

「そうなんですか」

「ああ。外で同じものを食べたらあまりに味が違って、驚いたことがある」

母親の作ったものは塩辛かった、と律は肩を竦める。

「だから、気が向いたら作ってほしい。ずっと、そんなこと忘れてたんだがな。この屋敷に戻ってきて、昔のことを少し思い出した。それで、懐かしくなったよ」

「もちろんです」

蒼生は即答した。

「初めて作るので、上手くできるかわかりませんが」

「大丈夫だ。きっと、俺の母親より上手い」

「そ、そのようなことは」

焦る蒼生を見て、律は楽しげに笑う。

「だが、良かった。これで、お前と俺も対等だな」

「対等？」

「俺は、お前に何かをしてもらってばかりだ。それは本当にありがたいが、俺も、お前に何かしてやりたかった。金で解決できることは得意なんだが、それ以外はどうにもな。だから俺も、お前の髪の面倒くらいは見れたら、ようやくお前のために何かできたと思える」

目を細めて、律ははにかむ。

その言葉に、蒼生は何も返すことができなかった。

（やっぱりこういうのを、友達と言うのかもしれない）

律と対等になりたいと思ったことなど、一度もない。それでも、律の言葉は嬉しかった。

律がその「母」の話をしてくれたのは、それから数日後、蒼生が出来のいい、スコーンを焼いた日のことだった。菓子が、律に母親のことを思い出させたのだろう。

「俺は、中学生の頃に家を出た」

自分の過去について、律は話し始めた。

律が若い頃に家を出たことを、蒼生は知っている。だが詳しい事情は知らないため、昔の話をしてくれることが素直に嬉しかった。

「中学も高校も全寮制だったんだ。だから十二の時から家を出ていたが、年に何度かは家に帰ってた。例えば夏休みとか、正月とか。そういう長期の休暇には、同級生もみんな家に帰ってた」

「でも律さんは帰らなくなったと、家政婦さんから聞きました」

「ああ、初めは帰っていたが」

律はやや視線を逸らす。

「ある日を境に、帰らなくなった。それに高校からは、本格的に家を出たよ」

「どうしてですか？」

「親父が嫌いだったからだ」

即答した律に、蒼生は少し驚いた。父親を好んでいないということは、何となく知っていた。だがそれが理由で家を出るほどだとは思わなかった。

「親父は、ずっと俺の母親を騙していたからな」

律は話を続ける。

「いや、子供を使って商売していたことは、俺も最近まで知らなかった。だから俺をも騙していたことになるんだが、母親は別の事情で……つまり、親父に騙されて死んだんだ。だから嫌っているというより、親父を憎んでいたよ」

「死んだ……？」

想像もしていなかった事実に、蒼生の胸中はざわつく。

同時に、いつか見た庭園のことを思い出した。

十四の頃、敷地内での自由を許された蒼生は、真っ先に庭園に向かったが、長く夢に見ていたその場所はすっかり荒れ果てていた。庭園は母親のものだと、子供の律が言っていたはずである。

（ということは、庭園が荒れていたのは律さんのお母様が亡くなったから……？）

蒼生が考えていると、まるでその心を読んだように律が言った。

「実はこの屋敷の奥には、庭園がある」

深く息を吐き、律は暗闇に包まれた窓の外を見る。

「敷地の端っこにあるんだが、それなりに大きな庭だ。大人の背丈より高いレンガの塀に囲まれてて、普段、人が入ることはない。鍵が掛かっていて、鍵を持っている人間以外は入ることができないんだ。中央には大きなコブシの木があって、春になると白い花をつける。だがその花以外にも、庭はいつも花で埋め尽くされていたよ。親父から苗をもらって、母親が手入れをしていた。年中、庭は花でいっぱいだった。硝子でできた、茶室代わりの温室もあった。子供の頃、俺もそこで母親に紅茶を出してもらった記憶がある。不味いスコーンと一緒にな。何というか、楽園のような花園だったよ。幼い頃の記憶しか、ないからかもしれないが」

(知ってる)

思うが、蒼生は口にしない。

「その庭は、『ソムニフェルムの庭』と呼ばれていた」

律は呼吸を整えるように、深く息をつく。

「まぁ、そう呼んでいたのは母親じゃない。親父と、事情を知っている一部の人間だけだったようだが」

「ソムニフェルム?」

初めて聞く言葉に、蒼生は首を傾げた。

「それは、何なんですか?」

「芥子《けし》の花のことだ。芥子の花の総称を、学名でソムニフェルム種と呼ぶ。そのことを俺が知ったのは、母親が死んでからだが」

「芥子というのは、ポピーということですよね?」

「よく知っているな」

「花のことであれば、少し……それで、ソムニフェルムの庭という名前は、お庭の主な花がポピーだったからですか?」

「ポピーというか、芥子の花だ」

「あの、それは何が違うんですか？」

「ポピーは、確かにケシ科の植物だ。だがあの庭にあったのは、観賞用の芥子じゃない。アヘン採取目的の、亜種の芥子の花だ」

「アヘン……」

その言葉を、蒼生は知っている。

アヘンは、アルカロイド系の麻薬の一種である。芥子の果実から白い果汁を絞り、湯通しし、その後いくつかの工程を経て黒くなるまで煮詰めると、飴状となってアヘンとなる。アヘンは通常、親指の爪ほどのサイズに乾燥させ、パイプで喫煙する。中毒性が高く、日本では法律で禁止されている薬物である。

「アヘンというのは麻薬の名前、ですよね……？」

「その通りだ」

「お母様が、お庭でアヘンの花を育てていたということですか？」

「母親は何も知らなかったがな」

律は、蒼生の言葉を肯定する。

「親父が、花の種を渡してたんだ。母は美しかったが、無知で世間知らずのお嬢さんだった。だから、疑いもしなかったんだろう。さっきも言った通り、庭園は限られた人間しか入ることができなかった。この家は、敷地が広い。塀も高いし、外から見られることもない。親父は政治家や官僚との繋がりが強かったから、そういう連中が、薬物の売り先だったのかもしれない。それなら、情報が漏れることはない。もちろん、俺も知らなかった」

「それなのに、どうして解ったんですか？」

「母親が死んだからだ」

　律は返す。

「そのアヘンの中毒で、俺の母は死んだ。温室で、いつものように茶を淹れていたそうだ。温室には、小さな暖炉があった。アヘンはでき上がれば、黒い炭のような状態になる。母は火種か何かと間違えて熱したんだろう。温室は、密室だった。そのまま中毒死だ」

　蒼生は胸が痛み言葉を失ったが、話す律は冷静である。

「母親の姿が見えなくなって、親父は母を探した。ようやく庭園で見つけた時には、もう死んでたそうだ。親父は母がアヘンの中毒で死んだと知ると、すぐに医者を呼んだ。懇意にしていた医者だ。死亡の診断書を出させて、早々に母は庭の中で火葬された。骨だけになれば、余程のことがない限り薬物反応は出ない。万が一にも、薬物摂取がばれないようにするためだ。俺がその事実を知ったのは、母親の葬式の時じゃない。休み明けに家に帰ってきた時に、焼き払われた庭園を見たんだ」

「庭園が……？」

「俺が庭園を見たときには、もう花も木も炭になってた。主木は残っていたが熱で枯れていて、二度と葉をつけられない状態だった。硝子の温室も割れて、誰も手入れをする人間がいないせいで、薔薇も枯れていた。事態が飲み込めなくて、俺は動揺した。そんな俺に、親父は母親が火事で死んだと言った。だが俺はその庭園を見るまで、母親の死を知らされてもいなかった。おかしいだろう？」

　律は、何かを嘲るように笑う。

「だから、親父を問い詰めた。親父はもちろん言おうとしなかったが、食いつき続けたら白状したよ。証拠隠滅のために庭と一緒に母を焼いて埋めたとな。聞いた時は、信じられなかった。親父は父親らしいことなんてしたことがなかったが、それでも母親のことは愛しているんだと思っていた。だから仕事で構えない代わりに、あの庭園を与えたんだと。だが、俺の買いかぶりだった。親父はまともな父親でもなければ、まともな夫でも、まともな人間ですらなかった」

「そのことを、誰か他の人には……」

「言わなかった。いや、言おうとしたんだ。だが言えなかった」

「どうしてですか？」

「『母親はどうやってももう戻らない。それなのに、お前は唯一の身内の父親を売るのか』。親父に、そう言われたからだ。まぁ、それで本当に何も言えなくなった俺もどうかと思うが」

子供だったのかもしれない、と律はやや瞼を落とす。

蒼生は息を呑んだ。律は何の不自由もなく、裕福に幸せに育ってきたのだとずっと思っていた。だが実際は想像もしていなかった事件があり、母親を亡くし、家族を失っている。

「それで、家を出たんですか……？」

「そうだ」

律は視線を落とし、深く息をつく。

「出て行ったことについて、親父は何も言わなかったよ。ただ、金だけは振り込まれていた。母を死なせたことについて、罪悪感があったのか、俺への口止め料だったのか。いずれにしてもお前のことがなければ、もう二度とこの家に帰るつもりはなかった」

「それで、その庭園は……」

蒼生は尋ねる。

「その後、庭園はそのままなんですか？　お母様も、そのままに」

「ああ」

疲れ果てたように、律は頷く。

「焼き払われて、それきりだ。もう荒れ果てているだろうし、俺も二度と行きたくない。悪夢の詰まっている場所だ」

焼き払われていなかったとしても、近づかないだろう。

そんな律の言葉を、蒼生は無言で聞いた。何と返していいのか、わからなかった。だが蒼生が無言でいると、律の表情に明るさが戻る。

「つまらない話をしたな」

努力をして作った表情だということが、蒼生には解る。蒼生が不安そうで悲しそうな顔をしていることが、申し訳なくなったのだろう。

「ただ、何となく話しておきたかった。俺ばかり、お前の過去を知っていた気がしたからな」

律が言ったのは、それだけである。あとはもう遅い時間だからと、話は終わりになった。


その夜、蒼生はあまり眠れなかった。想像もしていなかった律の過去が頭から離れず、眠りの妨《さまた》げになる。

気がつけば、外はだんだんと明るくなっていた。カーテンの奥から、太陽の光が差し込むのが見える。蒼生はあまり眠れないままに起きることにした。

身支度をすると、蒼生は机の上に置いていたカメラを手に取った。まだ、仕事を始める時間ではない。少し散歩をするには、良い時間だろう。

蒼生は、外に出た。人気のない庭を抜け更に奥の森を通り、「ソムニフェルムの庭」へと向かう。

ソムニフェルムの庭は、同じ敷地内とは思えないほどに屋敷から遠い。木々で遮られていることもあり、存在を知らなければ行く者などいないだろう。

庭園までたどり着くと、蒼生は首から掛けている紐を取り出した。いつもはシャツの下に隠している古びた紐は、昔律から貰った、庭園の鍵である。

蒼生は鍵を開けると、扉を押す。ギィと鈍い音がするのは、長く手入れされていないためだろう。

中に入ると、目の前には白い花の海が広がっていた。

鈴蘭のような小さな花もあれば、薄い紫色の入ったカンパニュラ、ピンクに色づいたポピーもある。だが、特に目に付くのは、白い薔薇の花である。一面に植えられた花が朝日を反射しているせいで、庭園自体が明るく見える。

花の絨毯の中央には、大きな枯れ木があった。それがコブシの木であることを、昨夜、蒼生は初めて知った。奥には温室があり、割れたガラス越しに赤と黄の薔薇が見える。

（此処で、律さんのお母様が）

亡くなったのか、と蒼生は視線を逸らす。

「もう荒れ果てているだろうし、俺も二度と行きたくない」

「悪夢の詰まっている場所だ」

律は言っていた。

確かに律にとっては、悪夢のような場所なのだろう。母親が死に、埋められ、焼き払い、全ての悪夢を高い塀と鍵で封印した場所である。

だが枯死した植物で満たされているはずの庭園は、荒れ果ててはいなかった。

一面が、花の海である。主木こそ枯れたままではあるが、色鮮やかな花の上を蝶が舞い、鳥の声が聴こえ、甘い香りが漂っている。

まさに、楽園だった。まるで童話か神話の世界に出てくるような、美しい庭園である。

(でも、律さんが此処に来ることはない)

蒼生は庭の奥まで足を進めると、花の前にしゃがむ。少し、草をむしった。枯れはじめている花を摘み、同時に小さな蕾《つぼみ》をつけていることを確認する。隣にある薔薇は蕾を大きく膨ませており、もうすぐ大輪が咲くだろう。

(これも、律さんが見ることはないんだな)

少し、寂しいと思った。

律に褒めてほしいわけではない。だがこの庭園にいつか律が来るのではないかと、ずっと思っていた。だからこそ蒼生は荒廃した庭園を、長い時間を掛けて元の姿に戻したのである。

十四になり、この庭園に入る機会を得た時。

確かにこの庭は律が言った通り、手の施しようがないほどに無残な状態になっていた。

その理由を蒼生は知らなかった。だが此処は、律が「特別」と言っていた場所だ。その言葉だけを思い出に、蒼生はこの庭園を元の姿に戻したいと思った。蒼生が花を育てるようになったのは、律の父が花を売買していたからでも、花以外に娯楽がなかったからでもない。ただ、律が戻ってきた時のためである。

蒼生は仕事をしながら、客に花の種を強請った。花の種を求め、苗を求め、しかし植えたそれをどうすればいいのか解らず教えを請うこともあった。本を読み、必死に勉強した。ただ不快感しかなかった仕事を必死にこなして、この庭園を少しずつ元の姿に戻していくことが生きる目的になった。

誰かがこの庭園を見ることも、誰かに褒められることもなかった。一人で黙々と庭を弄り、少しでも記憶の光景に近づくことが、蒼生は嬉しかった。ただ記憶が定かではなかったせいで、庭に植えられている花は芥子ではなく薔薇になった。

庭園がそれなりに見られる状態に戻ったとき、蒼生はひとつの達成感を覚えた。

自分にもできることがあったのだ。たとえ律と会えなくとも、ある日律がこの庭園を訪れたとき、以前と同じように特別な場所だと感じてくれればそれで良かった。

だが、全てが無駄なことだったのだと、今更ながらに知った。

律がこの庭園に足を運ぶことは二度とない。

蒼生は、手にしていたカメラを持ち上げた。手に収めるにはやや大きいカメラを、咲き乱れる花に向ける。

パシャリ。

静かな庭園に、シャッターを切る音が響く。

だが、それに驚いたのだろう。近くにいた鳥が飛んだ。逃げて行った小さな鳥は、庭園の中央にある枯れ木に止まる。その鳥にレンズを向け、一枚だけ撮るとカメラを下した。鳥の食事の、邪魔をするつもりはない。

蒼生は足を進めて、枯れ木の前に座った。

目を閉じて息を吸うと、花の匂いを感じる。耳を澄ませば風の音と、小さな鳥の声が響いた。蒼生は深く深呼吸をして、音と匂いを感じる。

それから、どのくらいそうしていたのか。

やがて鳥が飛び立つ音がして、蒼生は目を開けた。庭園は、相変わらず静まり返っている。カメラの電源を入れて時間を見ると、もう随分長い間此処に留まっていたことに気づいた。

蒼生はカメラを首から掛けると、立ち上がる。

（戻らないと）

そろそろ、律が起きてくる時間だろう。蒼生は、朝食の準備をしなければならない。

＊　＊　＊

長い時間を掛け、元に戻した庭園について。

蒼生は、律に話さなかった。そして律もまた、再び話題にしていない。

だが変わらず、蒼生は律の部屋を訪ねていた。庭の話はせずとも、話すことはいくらでもある。

「これを。お前に贈りたい」

律が蒼生に言ったのは、そんなある日のことである。蒼生が持ってきたハーブティーが、半分ほどなくなった頃であった。

「これ？」

律が蒼生に渡したのは、エメラルド色の小さな箱だ。綺麗なリボンのついた箱に、蒼生は首を傾げる。

「これは、何ですか？」

「開けてみてくれ」

律に言われ、蒼生は箱のリボンを解く。ぱかりと蓋を開けると、中には細い銀色のネックレスが入っていた。特にデザイン性はないが、ヘッドには小さなリングが付いている。キラキラと電光を受けて光る金属を、蒼生は取り出した。しゃらりと掌に載せて、律を見る。

「これは……」

「お前に、と思って買ったんだ」

穏やかだが、律はどこか恥ずかしげな表情をしている。

再び、蒼生は手元のネックレスを見た。貴金属に詳しくはないが、それでも一目で高価なものだと解る。

そのようなものを、自分が貰う謂《いわ》れはない。

蒼生は口を開こうとしたが、言われることを律は想定していたようだ。

「驚く気持ちは、解る。だが、前から何か贈りたいと思っていたんだ」

蒼生が何かを言う前に、律は続ける。

「いつも、お前には世話になっていたし。何か、礼ができればと」

「お礼なんて、そんな……」

「いや、礼というのは口実で」

拒絶の言葉を告げた蒼生に、律は慌てて言い直す。

「何か形に残るものを、お前に贈りたかった。特に、深い意味はないんだが」

それでも首を傾げた蒼生に、律は再び訂正した。

「いや、意味はあるんだ」

「その……お前は、いつも首から何かを下げているだろう」

「意味、ですか?」

「えっ」

律の指摘に、蒼生は驚いた。

確かに、蒼生は首から紐を下げている。ぼろぼろになっているそれは、はるか昔に律から貰った庭の鍵だ。だが、律が気付いているとは思わなかった。

「ご存知、だったんですか」

「ああ。たまに、襟元から見えていたからな。随分古そうなものだが、誰かから貰ったのか?」

「いえ……」

蒼生は首を振った。

律は、何も覚えていない。それならば、わざわざ説明をする必要はないだろう。

「だがそんなになっても持っているということは、大切なものなんだろう」

事情を知らない律は、そんなことすら言う。ますます口にできないと蒼生が思っていると、律はおもむろに蒼生の手からネックレスを取り上げた。両の指先で引き輪を外すと、きらきらと揺れるチェーンを蒼生に見せる。

「だから、それを外せと言ってるんじゃない。だが邪魔ではないなら、これも付けてくれないか」

「ですが――……」

「もらう理由が必要なら」

律は、蒼生の反論を認めない。

「俺の、気持ちだと思ってくれればいい。あまり、いい言葉が浮かばないが……つまり、お前を大切にしたい、これからも一緒にいてほしい。そういう意味だ。お前は以前、誰かから愛情を受けたことがないと言っていただろう」

言葉を探し選ぶように、律は続ける。

「それなら、俺がお前に与えたいと思ったんだ。与えるという言葉が、正しいのかわからないが。いずれにしても俺はもう、お前にそういう言葉を言わせたくない」

律は立ち上がり、机を回って蒼生の前まで来る。座ったままの蒼生にネックレスを着けると、律は一歩下がった。

蒼生も慌てて立ち上がる。高価なものを貰っておきながら、自分だけがぼんやり座っていたことに焦った。受け取れないと断るにしても、視線くらい合わせるべきだろう。

「邪魔にならないか？」

「邪魔になんて、そんな……ですが、僕は――……」

「蒼生」

律は立ち上がった蒼生の手を取ると、身体ごと引き寄せる。突然のことに、蒼生は何が起こったのか解らなかった。気がつけば、律の腕の中にいた。

「あの……」

「お前は俺を慕ってくれているが、こういう意味じゃないんだろうと、思うには思った」

蒼生は動揺して無意識にきょろきょろしてしまったが、律は気にせず続ける。

「だが、お前にもう辛い思いをさせたくない、大切にしたいと思って、そういうことを考えていたら、俺はこういう意味でお前を大切にしたいんだと解ったよ」

「こういう……」

「蒼生」

律は再び名前を呼んで、蒼生を少しだけ引き剥がす。蒼生の頭を支え軽く上向かせると、そのままキスをした。

突然のことに、蒼生は目を大きく開いて、しかしすぐに瞼を緩く落とす。目を閉じることはしなかった。今目の前で起きていることが理解できず、現実なのかどうかを見て確かめたかった。

律の唇は、触れるだけで離れていった。だがそれだけで、蒼生の鼓動は速くなる。行き場を失った蒼生の手は、律の胸元のシャツを掴んだ。布越しに、律の鼓動と呼吸が速くなっているのが解る。

「嫌か……？」

「いえ」

蒼生は首を振る。

「嫌では、ないです」

「そうか」

「でも、緊張します」

「緊張？」

「前に、律さんに髪を切ってもらった時もそうだったのですが」

律の顔を見ることができず、蒼生は律の首のあたりに向かって話し掛けている。

「心臓の音が、うるさくて」

「そうか。怖いわけじゃないいんだな？」

「怖い？」

「前に『仕事』をするのが、怖かったと言っていただろう。だから怖くないか、嫌じゃないかを聞いておきたい。今度こそ、蒼生の嫌なことはしたくない」

「でもこれは、仕事では……」

急に不安になって、蒼生は律を見上げる。

「仕事ではない……ですよね……？」

勘違いをするのが怖くて、蒼生は確認した。

「そうではないと、思っているのですが」

「当たり前だ」

「それなら」

遠慮がちに、蒼生は律の胸に頬を寄せる。律の目を見返しながらでは、自分の意思を言葉にできない気がする。

「怖く、ないです。現実なのかがわからなくて、不安なだけで」

「そうか」

蒼生の話が終わると、律は再び蒼生を抱き寄せた。強く抱きしめ、蒼生の首元に顔を埋め、深く息をする。

「それでも怖くなったら、言ってほしい」

耳元で、律は囁いた。

低い声と熱を持った吐息に、蒼生はぶるりと身体を震わせた。恐怖からではない。自分の体温が上がる気がして、勝手に震えたのである。

律は蒼生に、柔く口付けた。蒼生は遠慮がちにキスに応える。

ぴちゃりと音がして唾液が絡み、蒼生は自分の吐息が熱くなるのを感じる。

同時に、律の唇は離れていった。腕をしっかり掴んだまま、何かを確かめるように蒼生の目を覗き込んでくる。蒼生の目は、涙に濡れていた。溢れるほどではないが、緊張と興奮が涙の分泌を高めている。

溢れそうな雫を、律は指先で拭ってくれた。

「続きをしていいか？」

続き。

その意味がわからないほど、蒼生は初心《うぶ》ではない。緊張のため必要以上に瞬きをしてから、蒼生は頷いた。

蒼生は律に抱きかかえられるように、ベッドに運ばれた。蒼生は力を抜いて、律に体を預ける。ベッドに降ろされるとスプリングに合わせて身体が揺れた。同時に髪がシーツに広がった。

律もベッドに乗り上げると、蒼生の頭を両手で抱え、口づける。何度も角度を変えて唇を重ねた。手を重ねられると、蒼生も遠慮がちに握り返す。舌を絡め、指先も絡めた。

蒼生は、キスに慣れていない。口淫には慣れているが、キスの舌使いも、呼吸の仕方もよくわからない。

（上手く、できていないかもしれない）

不安はあったが、すぐに何も考えられなくなった。何かを考えるより、気持ちの良さが先行する。律に触れられる場所も、口付けられる場所も温かい舌も、どれもが気持ちいい。

律は唇だけでなく、目元やこめかみにもキスをした。髪を掻き上げ額に唇を寄せながら、律は自分のシャツのボタンを外していく。途中まで終えると今度は蒼生のボタンを外そうとしたので、蒼生ははっとして律の手を止めた。

「どうした？」

「あの、自分で……」

不思議そうな律に、蒼生は慌てて返す。だが律は少し笑っただけで、それを認めなかった。

「それなら、俺のを脱がせてくれ。蒼生のは俺が脱がせたい」

先を続ける律に、蒼生は従った。ただ手つきが遠慮がちなせいで、時間が掛かる。律が片手で蒼生のシャツのボタンを外す間に、蒼生は両の手でようやく外し終えた。

律がシャツを脱ぎ捨てる。蒼生も脱ごうとしたが、もたついていると律が手伝ってくれた。

露わになった肌に、律が唇を寄せる。熱を持った肌に吸い付かれると、蒼生は快感からぴくりと身体を跳ねさせた。

「あ……っ」

同時に細く声を漏らしてしまい、蒼生は慌てて両手で口を塞ぐ。だがそれを、律が制した。

「どうした？　声を出していいんだ」

律は、蒼生の唇に指先で触れる。

「声が聞きたい」

「でも……」

「聞かせてくれ。俺が、不安になる」

律は、肌に触れ再び口付ける。ぴちゃぴちゃと、水音が部屋に響いた。律はキスをしながら、蒼生の身体の脇に手を這わせる。その律の手が心地よく、蒼生は無意識に身をくねらせた。快楽を感じれば感じるほど、上手く応えられなくなる気がする。

それでも律にも気持ち良くなってほしくて、必死に口づけに応えた。舌を出し、唾液をこぼし飲み込み、やがて律が離れていく頃には呼吸が荒くなっていた。唇が、唾液に濡れている。見上げれば律のものも濡れており、もっと唇が欲しくなる。

だが、律はもうキスをしてくれなかった。

代わりに喉元に吸いついて、鎖骨を甘く噛む。その痛みすら気持ちよくて、蒼生はシーツを掴んだ。

「ア……ッ」

細く声を漏らして耐えていると、律の手が握りしめた指をゆっくりと解いていく。半ば無理矢理にシーツから剥がし、自分の手を重ねる。

片手でぎゅうと蒼生の手を握り、反対の手で律は蒼生のパンツを脱がせていく。律がやりやすいように、蒼生は腰を浮かせた。胸元が反り返り、ぴんと立った乳首にも律はしゃぶりつく。

「ンああっ」

甘く声を漏らすと同時に、蒼生の下着が引き下ろされた。まだ衣服は太腿《ふともも》に引っかかっているが、性器は露わになっている。

そこに、律はそっと触れた。その感触に蒼生は震えたが、拒絶したいわけではなかった。律の手つきは、優しい。くすぐったく焦れったいが、律に触れられていると思うと蒼生はそれだけで反応してしまう。

「あっ、あん……っ」

思わず、声が漏れた。

その声を、純粋な快楽と取ったのだろう。律は蒼生の手を強く握ったまま、性器を擦る手を早める。激しい手の動きに、蒼生の腰が揺れた。はしたないと思いながらも、あまりの気持ち良さに抑えることができない。

それからあまり時間を掛けずに、蒼生は射精した。律は蒼生から吐き出された精液を、全て手で受け止める。白く汚れた手をまじまじと眺められて、蒼生はたまらない。

「あの、ごめんなさ……」

声が、消え入りそうになった。

だが律には聞こえていたようで、手を拭うと蒼生にキスをする。

キスをされると、少し安心した。律は蒼生の呼吸が整うまで、何度もキスを繰り返してくれる。

落ち着いたところで尋ねられ、蒼生は素直に頷く。むしろ早く続きをして、律にも気持ちよくなってほしかった。

「続けていいか？」

再び額にキスをされ、そこから行為が再開された。律は鎖骨を甘く噛み、時折吸い付くように舐める。胸元にも吸い付き、舌で遊ぶように乳首を弄る。先ほどより強く吸われて、痛くて気持ちいい。素直に反応していると、律は少しの意地悪とばかりに甘く噛んだ。

やがて蒼生が快楽にうっとりし始めた頃、律は蒼生の足から脱ぎかけのパンツと下着を引き摺り下ろした。そうして準備を整えてから、律はごそごそと動いて小さなボトルを取り出した。

いつのまに用意していたのか、それはローションだった。律は量の加減がわからないようで、中の液体をどぼどぼと指に垂らす。

そして濡れた指先を、蒼生の後孔にあてた。

蒼生はひくりと身を跳ねさせる。ローションの冷たさと律の指の温かさ。それに律に触れられたことの緊張で、意図せず後孔を収縮させてしまう。

「だいじょうぶ、です」

戸惑うように動きを止めた律に、蒼生は言った。

「気持ちいい……ですから、続きを……」

蒼生は、自分の顔が赤くなっていることを自覚していた。

まるで、自分から先を強請っているようで恥ずかしい。

だが、律はその言葉を否定的には受け取らなかった。

「ありがとう」

律は優しい声で言って、蒼生の足を抱え直す。太腿に触れるだけのキスをして、指を進めた。

最初は一本から。次に中指に薬指を添えて、中を探るようにして開かれる。明らかに異物で違和感があるのに、ごつごつした律の指が気持ちいい。指が奥の一点に触れると、蒼生はひときわ大きな声を漏らした。

「んあああっ」

反射的に、蒼生は口を塞ぐ。

「やだ……ごめんなさ……」

「嫌なのか？」

蒼生は慌てたが、律は指を止めて大真面目に返してくる。その様子がどこか不安そうで、蒼生は嘘がつけなかった。

「いえ、嫌なわけでは……」

「無理をしなくていい」

「いえ、そうではなく」

細い声で返しながら、蒼生は緊張から後孔を締めてしまう。するとまた指がいい場所を刺激し、反応してしまった。律は指を挿入したまま、また首を傾げている。

蒼生は、もうたまらなかった。

「違うんです。ただ、すごく気持ち良くて……」

ごめんなさい。

自分で言った気持ちいいという言葉に、また反応してしまう。その様子に、律が笑った。

「そうか。それならいい」

律は少し嬉しそうに、行為を再開する。蒼生の声を聞いて、もう遠慮がなくなったようだ。蒼生の反応した場所を、執拗に指先で擦る。時折強く押されると、蒼生は甘い声を漏らした。

何度も繰り返しているうちに、蒼生の性器はすっかり勃ち上がっていた。先ほど射精したばかりなのに、先端からは先走りを零していた。

先端の雫を指先で少し拭ってから、律は自分のパンツをくつろげた。下着と一緒にずり下ろすと、勃起した陰茎を取り出してみせる。

その様子に、蒼生は驚いた。律が自分に反応していることが、嬉しくて信じられなかった。それが、表情に出ていたのだろう。

「蒼生がいやらしいからだ」

律は興奮気味に笑った。

あとは、もう無言だった。律は蒼生の足を持ち上げると、猛るものをほぐした蒼生の後孔に持っていく。入り口に触れると特に蒼生に確認をせずに、律は性器を押し挿れた。

「アァ……ッ」

大きなそれを、蒼生は受け入れる。

少し、苦しかった。だがその苦しさが、気持ちいい。入ってくる肉の感触だけで、射精してしまいそうになる。

律は性器を奥まで挿入すると、一度抱きしめてくれた。安心させるようにぴたりと肌を合わせ、熱を伝えてくる。律は再び蒼生の手に自分の手を重ねてから、ゆっくり腰を揺すり始めた。

「んっ、あっ、は……ぁっ」

蒼生も腰を揺らす。喉を反らして喘いでいると、口付けられた。呼吸がうまくできなくて、苦しい。その苦しさから逃れるために、蒼生は握られていない方の手を律の背に回した。

再び、肌がぴたりと密着した。それが心地良かったのか、律は繋いでいた手を離す。律が足を抱え直すと、蒼生は離された手も律の背に回した。

蒼生を抱きかかえるような体勢で、律は腰を揺する。それに応え、蒼生は甘く喘いだ。

「はぁ、あンっ、あああっ」

愛していると言葉にされなくても、律の想いが伝わってくる。心が満たされるセックスがこんなに気持ちいいと、初めて知った。もっと律に気持ち良くなってほしいのに、快楽に押されて何も考えられなくなる。

何度も律に腰を打ち付けられて、蒼生は再び射精した。それから間もなくして、律も蒼生の中に射精する。きゅうと中を締め付けて、蒼生は律を受け入れた。

精を出しきると、律は蒼生に被さるようにして倒れ込む。重く温かい身体を、蒼生は受け止めた。背に回していた手で、遠慮がちに律を引き寄せると、律は蒼生にキスをした。

触れるだけの唇は、すぐに離れていく。

「大丈夫か？」

どうやら、それを伝えたかったらしい。

「はい。律さんが気を遣ってくださったから」

まだ荒い呼吸のまま、蒼生は答える。

「こういう風に、優しくされたのは初めてで。だから、大丈夫です」

「そうか」

律はいつになく優しい声で返すと、蒼生を抱き寄せた。

＊　＊　＊

翌朝は陽が昇るまで、律は目覚めなかった。

蒼生を抱きしめて横になったところまでは覚えている。だがいつ眠ったのか覚えがない。気がつけば、もう外は明るくなっていた。

(何時だ……？)

時間を見ようとあたりを見たが、時計が見つからない。だが腕の中で蒼生が眠っているために、それ以上動くのをやめた。

蒼生は、まだ目覚める様子がない。

(無理をさせたのかもしれない)

疲れているだろうしもう少し眠らせてやりたいと、律は口付けたい衝動を抑えて大人しく蒼生の枕になる。毎朝早い蒼生が、こうして朝寝をすること自体とても珍しい。

（そろそろ、達海が来る頃か）

陽の高さで、およその時間は解る。そろそろ達海がオフィスに来て、蒼生の作った食事を食べる時間だろう。だが今日は蒼生が眠っているので、食事の用意はない。

（まぁ、たまにはいいだろう）

毎日の食事を楽しみにしている達海には、気の毒なことだと思う。だが達海も子供ではないのだから、なければないでどうにかするはずだ。

（もう少し寝よう）

一日くらい構わないだろうと、律は再び目を閉じる。しかし微睡みかけたところで邪魔が入った。

「律！　ニュースだ！」

達海の声と同時に、勢いよく部屋の扉が開いたのである。

ばん。

大きな音が、部屋に響いた。その音に律がはっとした時には、達海はもう部屋に入っていた。

「お前、なんでこんな大事な話がある時にいつまでも寝てんだよ。ニュースだぞニュース！　いい加減起きて——……」

達海はずかずかと律の眠るベッドの前まで歩いてくると、声を上げた。

「うおおっ」

同時に立ち止まり、目を丸くする。

「う……あ、お、あええ？」

達海は律を見、すぐ横で眠る蒼生を見る。

「いや、ごめん。悪気は……ていうか、いつの間にそんなことに……」

達海は珍しく、本気で焦っているようだった。


達海が来てしまったので、律は予定を変更して起きることにした。奇跡的にまだ蒼生は眠っていたが、流石にこのまま達海と話すわけにはいかない。

「蒼生、動かすぞ。お前はこのまま寝てていい」

律は蒼生を気遣い、そっとベッドを出る。しかし、蒼生は目を覚ましてしまった。

「律さ……」

蒼生が、のそりと起き上がる。しかし目の前に達海を見つけると固まった。

「お……おはよ」

慌てて毛布の中に潜る蒼生に、達海が声を掛ける。

だが、蒼生は反応しなかった。律は頭に手を当てて、盛大にため息をつく。

「蒼生。達海が話があるらしいから、俺はオフィスに行く。朝は用意しなくて大丈夫だから、お前は風呂にでも入ってゆっくりしてろ。もちろん此処で寝ててもいい」

　蒼生が反応しないことを前提に伝えると、律は素っ裸のままベッドを降りた。それを見て、達海はまた驚いた。

「達海、お前もいつまで俺の部屋にいるんだ」

　床に散らばる服を拾う。

「すぐにオフィスに行く。それとも、今ここでことの詳細を説明すべきか？」

　律が言うと、達海は慌てて部屋を出て行った。

　だが、そもそも悪いのは定刻にオフィスにいなかった自分である。律は手早く身支度をすると、オフィスに向かった。

　オフィスに着くと、達海が部屋をうろついていた。椅子に座りもせず、そわそわと部屋の中を行ったり来たりしている様子が珍しい。

「朝は食べたのか？」

　律の声に反応して、達海が漸く立ち止まる。

「落ち着いて話ができた方がいいだろう。蒼生は暫く起きないし、珈琲くらいなら俺が淹れるが」

「それどころじゃ——……」

　達海は言いかけて、しかし口を閉じた。自分が一人で慌てていたと、気付いたらしい。

「うん、そうだね。じゃあお願いしようかな」

律はキッチンへ向かった。いつも蒼生が用意してくれているため、自分で珈琲を淹れるのは久しぶりである。律は三人分の珈琲を淹れると、そのうちの二つを持ってオフィスに戻った。だがすぐに、三人分を持ってこなかったことを後悔した。オフィスに、寝ていろと言ったはずの蒼生がいる。

「寝ていていいと言っただろう」

「そうなのですが、目が覚めてしまったので」

大丈夫なのかと訊く律に、蒼生は困ったように笑う。

「すみません、食事の支度は僕の仕事なのに」

「そんなことはいいが、今から達海と仕事の話がある。悪いが、お前は外に――……」

「俺が入ってって言ったんだよ」

出ていろと言おうとした律を達海が遮る。

「蒼生くんにも、聞いてもらった方がいいかなって思ったんだ。せっかく起きてきてくれたし、丁度いい」

律から珈琲を受け取ると、達海は話を始めた。

「大ニュースって言ったのは、彰のことなんだ」

「彰？」

少し前に出て行った男の名に、律は反応する。

「あいつが、どうかしたのか」

「前に、彰がカメラの試作品と設計書を盗んでいっただろ。それで、やっぱりメーカーに持ち込んだらしいんだけど」

そこまで言って、達海は珈琲を一口飲む。

「でも、相手にされなかったみたいなんだ。彰がどういう風に話をしたのかは解らないけど。でも技術書があっても技術者がいないと、向こうとしては意味がない。っていうより、メーカー側は俺たちと取引するんじゃなくて技術者ごと引き込みたかったみたいだから、意味がなかったって言うか……だから俺たちも彼らと取引の継続はできないし、続けても意味はない。けど、技術を盗まれる心配もないって感じ。もちろん、俺たちが厳しい状況ってことに変わりはないけど」

「そうなのか」

それを聞いても、律は喜びも憤りも感じなかった。

「彰もあてがはずれて、気の毒なことだな」

特に同情する気もないが、律が思うのはそれだけである。以前のように物を投げ、他者に当たるほどの怒りはない。律は腕を組み、壁に背を預ける。

「彰がいなくなったことは、残念だとは思うが。こればかりは、どうにかなるものでもないな。まぁ、全く責任がないとは言い切れない俺が言うのは、変な話かもしれないが」

「そうだね」

達海は頷く。

「今はコンタクトを取っても反応がないし、こういう話の後じゃ、彰も声掛け辛いだろう」

「ああ」

「でも、もし万が一彰が戻って来たら、今度こそ、ちゃんと話し合いしてよね。子供じゃないんだから、喚《わめ》き散らすのはスマートじゃないよ」

「そうだな、善処する」

律は、自分が冷静なことが不思議だった。

彰への憤りは、もちろんある。だが今は、もっと別の解決策があったのではないかとも思う。

(俺を変えたのは、蒼生か)

律は、ちらりと蒼生を見る。蒼生は律の淹れた珈琲を両手で持ちながら、真剣な眼差しで達海の話を聞いていた。

「カメラの小型化についてだけど」

沈黙ののち、達海は話を再開した。彰の問題は片付いたが、別の問題がまだ残っている。

「やっぱり、このままだと厳しいと思うんだ。胃とか食道系の内視鏡は、大抵六ミリ程度、太くても十ミリ未満だ。根本から見直さないと、とても使える状態じゃない」

「確かに」

律は頷く。

「大元の設計から見直さないと、話にならないだろう。例えば、配線を変えるくらいじゃ何も変わらない。かと言って、これ以上部品を減らすのもな。機能が落ちても意味がない」

律はため息をつく。その声に、反応したのは蒼生だった。

「あの……」

見れば、蒼生が遠慮がちに達海と律を交互に見ている。

「何だ？」

「そのカメラというのは、そんなに小さくしなくては駄目なんですか？」

ぱちぱちと瞬きをして、不思議そうに蒼生は尋ねる。

「今のものでも、僕が頂いたカメラよりずっと小さいと思うのですが」

「そうだね」

達海は頷きながらも、困った表情を作る。

「でも俺たちが作ってるのは、身体の中を撮影するカメラなんだ。だから、もっと小型化しないと使えないいんだよ。彰とメーカーの言ってることは、間違ってるわけじゃないんだ。ちょっと、要求が無茶ってだけで」

「身体の中以外には、使えないものなんですか?」

蒼生が再び疑問を投げる。

「こんな、素人の質問で申し訳ないんですけど。身体の中以外でも、機能するものではないんですか?」

「もちろん、機能的には問題ないけど」

どう説明するべきか、と達海は考えているようだ。

「これはね、医療の現場で使えることが重要なんだ。だから、サイズを小さくしないと意味がなくて――……」

「そうだ」

諭すように話す達海を遮り、律は声を上げた。これまでは彰が紹介したメーカーの話が頭から外れず、小型化することに躍起《やっき》になっていた。だが蒼生の言う通り、体内に入れなくても十分使い道はある。

「確かに、必ずしも身体に入れる必要はない」

「ちょっとちょっと」

これまでの話を覆《くつがえ》す発言に、達海は肩を竦める。

「それじゃ普通のカメラと変わらないだろ」

「ああ。だが内視鏡にくっつけなくても、医療には役立てるだろ」

「内視鏡以外？」

「開腹手術だ。開腹した場合、必ずしも小型化は必要じゃない。むしろ大きさを気にしなくていい分、精度が上がる。それ以外なら眼底の撮影や咽喉《いんこう》、皮膚科にも使えるだろう。だが当初のターゲットに近いところでいくなら、やっぱり開腹手術がいい。症例になる画像データも多いし、緊急性も高い。達海。お前、外科の知り合いはいないのか？」

律は一人でどんどん話を進める。

「できれば、お前が信頼できる人間がいい。彰の時の二の舞はごめんだからな」

達海は、まだ話を飲み込めていないようだった。だが早口で言った律に、圧倒されながら頷いた。


それから、話はトントン拍子に進んだ。

「知り合いの先生が、協力してもいいって」

話を聞いた上で、適切なメーカーがあれば紹介すると言ってくれている。

達海の言葉に、律は思わず拳を握った。

話が決まると、律の行動は早かった。開発の手を止め、普段からは考えられないような立派なスーツを着ると、達海が紹介してくれた医者に会いに行った。医者は興味を示し、すぐに付き合いのあるメーカーの担当者に引き会わせてくれた。

説明を聞いた人間は、皆その技術に関心を持った。

「確かに内視鏡に活用できれば有用そうではあるが。その前に、ウチで試してみるのもいいだろう。話を進めさせてくれ」

律たちは会社を立ち上げてからずっと、パートナーに恵まれなかった。技術を紹介すれば「面白い技術だ」と言われたが、本気で実用化に向けて支援をしてくれる会社がいなかった。だが今回話を聞いたメーカーは、早速協力してくれるという。

話がまとまった、その日。

「ささやかだけど、前祝いしよう」

達海が、酒とケーキを買ってきた。そのメニューを見て、律は嫌な顔をした。

「もう少し、組み合わせを考えなかったのか。ビールと生クリームだぞ」

ケーキで酒を飲むのかという律の文句に応え、結局、蒼生が肴《さかな》を作ることになった。

「俺は、蒼生くんが作ることを想定に入れてたんだよ」

本気なのか言い訳なのかわからないことを言う達海に、律はまた嫌な顔をする。そんな二人を見て、蒼生は笑った。

そういう雰囲気が、続いた。今までのピリピリした空気もどんよりした空気も、この屋敷にはない。

律は、達海を伴って外出することが増えた。その間、蒼生は一人留守番をすることになる。だが、寂しくはなかった。むしろ律が生き生きと仕事をしてくれることが、嬉しい。

何もかもがこれまでにないほどに充実して、順調に進んでいる。

今まで音信不通だった彰が屋敷に戻ってきたのは、いつものように律と達海が医者に呼ばれ、外出していた時のことだった。

突然の彰の訪問に、蒼生は驚いた。インターフォンも鳴らさず、気がつけば、彰が玄関にいたのである。

ここ最近、律たちの外出が増えているため、出入りのたびに鍵を閉めるのが面倒で、昼間は鍵を開けっぱなしにしていることが多い。だから、彰は入ってこれたのだ。現れた彰の姿はまるで、亡霊のようだった。

彰は二人のもとを離れたが、不審者ではない。それに以前、律は「もし彰が戻ってきたら話し合う」とも言っていたから、蒼生は彰の来訪が悪いことだとは思わなかった。

「戻っていらっしゃったんですか？」

問いかけるが、彰は何も言わない。玄関から動かず、何かを探るように屋敷の奥を見ている。彰の様子を不審に思いながらも、蒼生は再び声を掛けた。

「生憎《あいにく》、いま律さんと達海さんは出かけていまして。でも、すぐに戻られると思います。少し、上がって待たれたらどうでしょうか」

「それは、いいい」

蒼生の提案に、彰は即答する。

蒼生は首を傾げた。

「いいんですか？」

「ああ。そんなことより」

彰の表情は、険しい。部屋の奥と周囲を再度確かめてから、再び蒼生を見た。

「本当に律と達海は、今いないんだな？」

強張った表情で、彰は重ねて確認する。

「今、二人はいないんだな？」

「え……、はい」

彰の妙な態度に疑問を持ちながらも、蒼生は頷く。

「今日はお二人で、お仕事に出られています。ですが、もうすぐ戻られると――……」

蒼生がそこまで言うと、彰は突然ずかずかと蒼生の前まで来た。蒼生は驚いて下がろうとしたが、その前に彰が腕を掴んだ。

「いいか、聞け」

掴む力が強く、蒼生は痛みに表情を歪める。

だが、彰は手を離さなかった。彰の顔には、表情がない。肌は青黒く、目に気力がなく、呼吸も荒い。

蒼生は怯えた。

「聞くとは、何のお話でしょうか」

「お前に、俺と来てほしい」

蒼生は動揺を隠さず、彰を見る。

「それは、どういう意味です……?」

「律の親父のことを、マスコミにリークした」

その言葉の意味を、蒼生はすぐには理解できなかった。

「え……?」

「律の親父の、しでかしたことだよ。お前みたいな子供を売っぱらってたことを、週刊誌の記者に話したんだ。そしたら、興味を持ってくれる記者がいてな。証拠さえあれば、記事に取り上げてくれるそうだ。だから、俺と一緒に来い」

「律さんの、お父様のことを……」

蒼生は、彰の言葉を繰り返す。そしてその意を理解し、血の気が引いた。

「待ってください」

震える声で、蒼生は返す。

「彰さんは、律さんたちとまた一緒に仕事をするために戻ってきたんじゃないんですか?」

「戻れるわけがないだろう!」

彰が声を荒げる。

「戻って、何になる。俺が繋いだメーカーは、もう俺もあいつらも相手にしない。そう言ってた。それに今更戻ったところで、俺があいつらと一緒に仕事ができると思うのか！」

「ですが、律さんは――……」

「お前だって、律には散々な目に遭わされてきただろう！」

言い募る蒼生を遮って、彰が叫んだ。

「律にも、律の親父にも。あいつらのせいで、お前の人生は滅茶苦茶だ。そうだろ？　俺だって、同じだ。律と一緒に会社なんて始めたせいで、俺の人生は滅茶苦茶だ。あいつのせいで……だから、復讐するんだよ」

「復讐なんて、そんな――……」

「お前だって、今よりいい生活がしたいだろう。こんな、律に支配されるだけの生活。もう、終わりにしたいはずだ。お前だって此処から出れば、人間らしい生活ができる。俺と一緒に来て、全部マスコミに話すだけでな。そうすれば、全部解決する。もちろん、情報料はお前にも分けてやるよ。俺は、律ほど鬼畜じゃない」

鬼気迫る彰の様子に、蒼生は息を呑む。

漸く、彰が何故この屋敷に戻ってきたのかを理解した。

彰は律たちとの関係を改善するために、この屋敷に来たのではない。律に復讐するためであり、マスコミへのリーク料を貰うためであり、そのために必要な蒼生という唯一の証拠を引き取りに来たのである。

そのことを理解すると、蒼生は身体が震えた。

自分の存在が明るみに出れば、律に迷惑が掛かる。それはこの屋敷で暮らすと決まった時から、蒼生は知っている。だからこそこの屋敷から出ることなく、誰の目につくこともなく暮らしてきた。

彰は、それを暴こうとしている。

現状を理解すると、次に蒼生が考えたのは「今自分が何をすべきか」ということだった。今はとにかく、彰に帰ってもらわなければならない。

「お話は、理解しました」

ゆっくりと、蒼生は深く呼吸をする。

「ですが、今すぐに、というわけには」

「どうして」

蒼生の返事を、彰は認めない。

「今すぐに、俺と来い。そうすれば、お前だって早く楽になれる！」

「ですが突然いなくなれば、律さんも怪しむはずです」

声を荒げる彰を落ち着かせようと、蒼生は努めてゆっくり話す。

「ですから、少し時間をください。僕が出て行くにしても、その方がいいと思います。証拠になるものも、お持ちした方がいいでしょうし」

「証拠になるもの……？」

蒼生の言葉に、彰はぴくりと反応する。

「そんなものが、あるのか」

「あります」

実際は何処にもないと知っているが、蒼生は断言した。

「旦那様の部屋に、あるはずです。当時の顧客のリストが。それを、探してお持ちします」

「まじかよ……」

蒼生の説明に、彰は笑みを浮かべる。

「そんなものがあるなら、記者も大喜びだ。律も、律の会社も終わりだな」

「ええ、そうですね」

「それは、いつ用意できる？」

「少し、時間は掛かると思いますが」

興奮する彰に、蒼生は曖昧に返す。

「なるべく、早くに用意します。準備が出来次第、僕から連絡をします」

「わかった」

彰は頷くと、ポケットから名刺を取り出して蒼生に渡した。名刺には彰の携帯番号の印字があり、そこに斜線をして手書きで連絡先が書かれてある。

「ここに、連絡をくれ。俺の新しい番号だ」

「わかりました」

蒼生が頷くと、彰は「よし」と拳を作る。あとは中に入ることもなく、屋敷を出て行った。

その様子を、蒼生は玄関から見送る。

あまりに、突然のことだった。この場でできる対応をしたつもりだが、自分の行動が正しかったのか不安になる。

（とにかく、早くこのことを伝えないと）

律たちが帰宅したのは、それから二時間ほど経ってからのことである。

律が帰るなり、蒼生は一連の出来事を説明した。だが律は、特に驚かなかった。帰宅途中、週刊誌の記者を名乗る人間に声を掛けられ、何となく事情を把握していたらしい。

「この、仕事が忙しい時に」

律は舌打ちをした。

だが彰が言った件に対する律の反応は、それだけだった。むしろ律が気にしたのは彰が再び戻り、蒼生に害を加えるかもしれないということだった。

「門は、二重に施錠する。彰だけじゃない。他のマスコミの連中が、不法侵入しないとも限らない。俺と達海以外の人間が来ても、門は開けるな」

宅配便も例外じゃない、と律は言う。

「それに、屋敷からも出るな。外から写真を撮られる可能性もある。不自由な思いをさせるかもしれないが」

「不自由だなんて」

蒼生は、慌てて首を振る。

「そんなこと、思いません。それより、僕のせいで律さんに迷惑が」

「大丈夫だ」

蒼生の言葉を否定し、律は言い切る。

「俺は、大丈夫だ。だから、お前は何も心配するな」

律は蒼生を抱き寄せると、安心させるように背を叩いた。

＊　＊　＊

今後の対応について、どうすべきか。

律はすぐに達海と話し合ったが、マスコミは対策を立てる猶予《ゆうよ》を与えてくれなかった。

記者からの接触があった、三日後。

『テレビが言えない大富豪自殺の真相』

そんな記事が、ネット上に出たのである。記事を読んでも、律は特別な行動はしなかった。何事もなかったかのように、日常を送っている。

だが蒼生は、律と同じようにはできなかった。記事は、蒼生も読んでいる。蒼生の手元にはタブレット端末があり、嫌でも記事が目に入る。

『自殺した桐ヶ谷氏は未成年の子供を保護する名目で集め、性的サービスの教育を施していた。そしてまだ十にも満たない子供に、政治家や高官を相手にサービスを提供させていたのだ。事情を知るA氏は、当時の子供がまだ屋敷に残っていると言う』

記事には、そんな内容がつらつらと書かれている。

「話が、だんだん大きくなってきたな」

記事を見た達海が、食事の席で呟いた。

「もちろん、律が悪いわけじゃない。何かあっても、説明すればそれで済む話だけど」

達海はそう言ったが、しかし話は簡単に収束しそうになかった。

『桐ヶ谷氏の息子は、過去に医療メーカーとの契約を一方的に破棄』

『一人息子が責任逃れのために事実を隠蔽』

『客を取っていた少年の独占インタビューを予定』

そんな律を攻撃するような記事が、徐々に出始めたのである。だがその記事に対し、律自身は、やはりさほど反応を見せなかった。仕事が立て込んでいる、ということもあるのだろう。コメントすらしない。

だが、蒼生は記事を見つけるたびに、不安になる。

「元はと言えば、僕がこのお屋敷にいるせいで……」

自分という証拠があるから、記者も強気な記事を書いているのだ。

しかし、律は楽観的だった。

「気にしなくていいと言っただろう。放っておけば、いずれ収束する。仕事に支障はないし、無視しておけばいい。そのうちマスコミも飽きる」

（本当に、そうだろうか）

マスコミと彰は、蒼生が「証拠」を持ってくるのを待っている。蒼生が「証拠がある」と言って彰を追い返したせいだが、その言葉があるからこそ諦めない気がした。それどころか、自分の存在をなんとか表に引っ張り出し、もっと騒ぎを大きくしようとするだろう。

そうなったとしても、律に話が及ばなければ構わないと思う。この話の大元は、律の父親だ。律はその息子というだけで、罪に問われるようなことは何もしていない。

（だから奇怪な目を向けられるのが、僕だけなら別にいい）

可哀そうな娼婦として自分が見世物になって済むのなら、それで良かった。

自分が人から蔑まれることなど、今更である。随分長い間、蒼生は人として扱われていなかった。今更自分がどう見られたところで、それは構わない。

だが対象が律になることは、許されないと思った。

自分という存在のせいで、律に害が及んでしまう。そのことを想像すると、蒼生は言葉にならない恐怖を覚える。

達海は「律が悪いわけじゃない」と言っていた。確かに、その通りなのだろう。だがそれで済むなら、初めからこのような記事は出ていない。いずれ律に飛び火し、律が加害者であるかのように話が膨らむ気がする。現に悪意のある記事が出始めているし、今の律の仕事に影響しないとは言い切れない。

悪いことばかりが、頭を過る。

何が、最悪のケースなのか。そしてどうすれば、それを免《まぬが》れることができるのか。

どうすれば、律のことを守ることができるのか。

蒼生はそのことだけを、考えた。

蒼生は長く、律に焦がれていた。

それは愛情ではなく憧れに近いものだったと、蒼生は自覚している。自分は十数年前、何処かの誰かに売られるために、この屋敷に連れてこられた。

自分以外の子供達が何処に売られ、誰のもとで今どうしているのか、蒼生は知らない。

だが性的な道具として売られた先の人生がどのようなものなのか、知識を得た今の蒼生には容易に想像がつく。蒼生も本来、そうなるはずだった。しかし偶然律に助けられ、屋敷に留められ、やがて二度と会うことはないと思っていた律と再会した。

それは、奇跡のような時間だった。

律と再会し、律とともに過ごし、律に愛される生活。そのようなものを、想像もしたことがなかった。律と暮らせると知った時、それだけで嬉しさが込み上げた。律は嫌がったが、それでも律が自分の作った食事を食べてくれた時、言いようのない喜びを感じた。その上、律は蒼生を受け入れ、大切な人間だと言ってくれた。キスをされた感触も抱きしめられた感触も、蒼生は鮮明に覚えている。

だからこそ蒼生はこれ以上、此処にいられないと思った。

一連のことは、自分が屋敷にいることに起因《きいん》している。であれば原因を取り除くのが、最も簡単で確実な解決方法だろう。

つまり、この屋敷から消えていなくなること。

それが律のためにできる、自分の最後の仕事だと思った。

その、二日後。

蒼生は、行動を起こすことにした。

「少し、出てくる。夕方には戻る予定だ」

律が達海と外出した、その時を狙った。

まだ午前の早い時間である。蒼生はいつものように笑顔で二人を送り出すと、いつもと変わらず部屋の掃除をした。どうせ、二人は夕方まで帰らない。時間は十分にある。

部屋を片付け洗濯を終えると、今度は夕食の準備をした。食事は、温めるだけで食べられるものにした。二人が帰る頃には、蒼生は此処にいるつもりはない。サラダを作り冷蔵庫に入れ、煮物を作って鍋に蓋《ふた》をする。炊飯器のタイマーをセットして洗濯物を室内に干せば、この日予定していた家事は全て終わりになる。

仕事を済ませると、蒼生は自室へ向かった。時刻は、ちょうど正午を回ったところである。

律の父の代から与えられていた、二階の隅にある部屋。その中に入ると、蒼生は部屋を見渡した。

蒼生がこの屋敷に来た当初、部屋は実に簡素なものだった。必要最低限のものだけを置き、物が減ることもなければ増えることもない。何の変化もない単調な日々を、蒼生は長く送った。

だが律と暮らし始めて、物が増えた。それは蒼生が選んだものではなく、律が選んで与えてくれたものだった。数は多いわけではないが、蒼生は全部覚えているし、どれもが大切だと思う。

その全てと、別れなければならない。

それが、少し寂しいと思った。

蒼生は部屋の奥へ進むと、木製のテーブルの前で立ち止まる。両手を首の後ろに回し、下げていたネックレスを外した。しゃらりと机の上に置くと、隣にカメラとタブレット端末を並べる。

律からもらったものは、どれもが宝物だった。だがその中でも、この三つは特別だ。指先で触れると、思い出が溢れてくる。ひとつしかなかった思い出は、気がつけば数え切れないほどに増えた。思わず笑みがこぼれるが、あまり長く留まるわけにはいかない。

蒼生は、手を離した。

それで、蒼生のすべきことは本当に終わった。あとは律の前から、姿を消すのみである。

特に、置き手紙もしなかった。蒼生は部屋を後にすると、玄関へ向かう。

扉を開けて外を見ると、天気が悪かった。黒い雨雲が厚く掛かっており、ぽつぽつと大粒の雨が落ちている。

昨夜の天気予報では、昼から夕方にかけて雷雨になっていた。丁度、降り始めなのだろう。まだ大雨というほどではないが、傘が必要な量の雨である。

だが、蒼生は傘をささなかった。何も持たないまま玄関を出ると、外を歩き出す。

雨は、冷たかった。大粒の雫はシャツを濡らし、すぐに全身をぐしょりと重くする。

向かう先は、外の世界に通じる門ではない。その反対にある、敷地の奥の森である。あたりは、静かだった。雨が草を叩く音以外に、音は何もない。そもそも屋敷には蒼生しかいないし、天気の悪いこの日、虫や鳥などの生き物の気配もない。

ぬかるむ芝生を歩き、屋敷の奥にある森に入る。天気が悪いせいで、森の中はいっそう暗かった。ただ木々が密集しているために、雨はあまり当たらない。

やがて森を抜けると、目的地に着いた。ソムニフェルムの庭と呼ばれた、庭園である。

雨が、急にひどくなっていた。白いシャツが全身に張り付き、髪から雫がぽたぽたと垂れる。蒼生はそれを拭いもせず、シャツの隙間から首に掛かる紐を取り出した。紐の先端には、小さな鍵が付いている。その鍵で、庭の扉を開けた。

重い扉を開くと、そこは相変わらず花で埋め尽くされていた。薔薇が、ちょうど見頃である。一面に咲いた薔薇が雨の雫を受け、甘い香りを放っていた。

蒼生は扉の鍵を閉めると、花の間を進んだ。

（此処に、律さんのお母様が……）

遺体がこの庭に埋まっているなど、想像もしたことがなかった。だがその話を聞いていたからこそ、此処にいる限り自分が死んでも誰にも見つからないということが、蒼生には解る。

蒼生は、庭園の中央にある枯れ木の下に座った。枯れ木には葉がなく、落ちてくる雨はそのまま蒼生に降り掛かる。

雨は、ひどく冷たい。

だが、蒼生は気にしなかった。どうせ、あとは眠るだけである。

(雨が体温を奪うのが早いか、餓死するのが早いか)

できれば、前者がいいと思った。

痛いのも苦しいのも、もう嫌だ。

できれば幸せな夢を見たまま、静かに眠りたい。

蒼生は目を閉じた。雨の音がうるさく、耳に響いた。だが雨以外の音が聞こえることはなく、その単調な音が、やがて眠りへと導いた。


律と達海が仕事を終えて屋敷に戻ってきたのは、夕方の四時を過ぎた頃だ。この季節、まだ陽は高いが、雨雲が空を覆っているために薄暗い。雨は、随分ひどくなっていた。バケツをひっくり返したような土砂降りで、遠くから雷鳴が聞こえている。少しずつ近づいているそれは、もうすぐこの付近にやってくるだろう。

「雷が来る前に帰れて良かったたな」

ずぶ濡れで玄関を潜りながら達海は言ったが、律は賛同できなかった。

「あまり良かった、という状況でもない気がするが」

二人はびしょ濡れである。雨風がひどく、傘が意味を成さなかった。足元だけでなく、上半身も濡れている。雨で気温が下がっているせいで、肌寒かった。達海は体温を上げるためか手で腕を摩り、濡れたまま屋敷の中に入っていく。

「達海、先にシャワーでも浴びてこい」

荷物を置いたところで、律は言った。

「そのままじゃ、風邪を引く。蒼生に着替えを持ってきてもらうから」

「いいの？　じゃあお先に」

ありがとう、と達海は言うと、勝手知ったる屋敷の風呂場へ向かう。達海を見送りながら、律は自室に行くことにした。自分も、びしょ濡れである。シャワーを浴びるにしても、先に着替えなくては風邪を引く。

「蒼生、いるか？」

律は声を掛けながら、廊下を歩いた。

自室に行く前に、蒼生に会おうと思った。顔が見たいというのもあるが、達海に着替えを持っていってもらいたい。

「蒼生？」

律はキッチンを覗いた。この時間は大抵、蒼生は此処にいるはずである。

だが、蒼生の姿はなかった。あるのはすでに完成した夕食だけで、置かれた鍋からは醤油と酒の良い匂いがする。

（書斎か？）

此処にいないのなら、書斎だろう。蒼生には屋敷の外に出ないように言っているし、この大雨である。流石に花の手入れはしていないだろうし、屋敷の中にいるはずだ。

「蒼生、いるか？」

律は書斎の扉を開けた。

だが、中は暗い。人影はなく、静まり返っている。

（寝てるのか？）

だがそれを確かめる前に、まずは濡れた服を着替えようと思った。蒼生からの返事がないことを、さほど重く受け止めてはいなかった。

部屋で眠っているのかもしれない。であれば、たまの昼寝くらい邪魔をしたくない。

律は自室に入ると濡れたシャツを脱ぎ、それで身体を拭いた。雨のせいで肌はすっかり冷えていたが、乾いたシャツに着替えると寒さもなくなった。律は部屋を出ると、達海に着替えを届けに行った。蒼生がいないのであれば、自分でするしかない。

それから再び、蒼生を探すことにした。探すと言っても、あとは蒼生の部屋くらいしか見る場所はない。覗いてみて、眠っていたらそのまま寝かせてやろうと思う。

（疲れているんだろうか）

蒼生は、あまり弱音を吐かない。律が何をしても嫌だと言ったことはなく、拒否したこともない。

（あまり、いいことではないな）

せめて眠りを妨げないようにと、律は小さく扉を叩く。だが想像の通り、中から返事はなかった。

「蒼生、いるか？　少し開けるぞ」

眠っているのだと半ば確信して、律は音を立てぬよう扉を開ける。

薄く開いた扉から中を覗くと、廊下より暗かった。灯りは点いておらず、あるのは外から差し込む雨空の光だけである。

弱々しい光の中、律は蒼生を探した。ぐるりと見渡したが、蒼生の姿はない。当然、ベッドも見た。だが布団は整えられたままで、ベッドカバーも乱れていない。

「蒼生……？」

蒼生がいないことを承知の上で、律はベッドに駆け寄った。布団を捲り上げたが、当然、隠れてはいない。

そこで、律は初めて焦った。

「蒼生！」

律は叫ぶように名前を呼んで、来た道を戻ろうとした。だが出がけにきらりと光るものを見つけ、視線を止めた。テーブルを見ると、いつか自分が蒼生に贈ったネックレスが置かれている。そしてその横には、カメラとタブレット。

　綺麗に並べられたそれらを見て、律はただ事ではないと思った。

「蒼生！　いないのか！」

律は、廊下を走る。一階に降りると、ちょうど風呂から出た達海と出くわした。

「ああ、律。お先にありがと。律も入る？」

「それどころじゃない！」

律の気迫に、のんびりしていた達海がびくりとする。

「えっ、何？」

「蒼生がいない」

動揺のせいで、律の呼吸が荒くなる。

「蒼生が、何処にもいない。部屋も真っ暗で、カメラも、タブレットも置きっぱなしだ」

「いや、でも」

律が焦っているのを見ても、達海は慌てない。

「この雨だし、さすがに屋敷のどこかにはいるでしょ。元々、出るなって言ってたわけだし」

「もちろん、探していない部屋もある。だが、これも机に置かれていた」

律は握りしめていた銀色のチェーンを見せる。

「いつも、身につけてた。こんなものを置いていくなんて、おかしい」

「これは……」

流石に達海も顔色を変える。

「何か、手がかりを探そう」

そう言う達海の声は、いつになく低かった。

二人は、屋敷の中を探した。蒼生を探すというよりは、蒼生の痕跡を探している。

「何か、書き置きはなかったの？」

「いや」

廊下を歩きながら尋ねた達海に、律は首を振る。

「何もなかった。朝も、特に変わった様子はなかったのに」

「確かに。でも、こんな大雨なのに」

窓を見れば、雨粒が叩きつけている。

「彰がまた来て、蒼生くんに一緒に来るようにそそのかしたとか？」

「そういうことはないだろう」

律は即答した。

以前の律であれば、蒼生を真っ先に疑っただろう。だが今の律には、蒼生が万に一つでも自分に迷惑がかかる可能性のあることを、するとは思えない。

代わりに思うことは、もっと最悪の事態だった。

「例の記事が出回ってることを、あいつはずっと気にしてた」

今更だと解っていても、後悔の念がふつふつと湧き上がる。蒼生は自分が守らなければと思っていたのに、また蒼生を不安にさせてしまった。

「気にするなと、言ってはいた。だが、蒼生が気にしないはずがなかった。くそ、もっと気をつけてやるべきだったのに」

「落ち着いて」

自分を責める律を、達海が宥める。

「もう一度、落ち着いて考えよう。蒼生くんの部屋に、何か残ってるかもしれない」

「何も残ってない。もぬけの殻《から》だった」

「でも、闇雲にこの大雨の中探すよりはずっといいだろ。何せ、蒼生くんには捜索願いも出せない」

冷静になって、行きそうな場所を推測するしかない。

達海に言われて、律は納得した。確かに慌てふためいていても、何も進展はない。

二人は、蒼生の部屋へと向かった。

部屋に入ると、中は先ほどのままだった。ベッドは律が布団をめくったままの状態だし、テーブルにはカメラとタブレットが置かれている。それ以外に、普段の様子と違いはなかった。クローゼットを開けて確認すると、服が減っている様子もない。

律は再び部屋を見回してから、テーブルの上にあったタブレット端末を手に取った。蒼生はおそらく、履歴の消し方など知らないだろう。であれば、ブラウザの閲覧履歴が残っているかもしれない。

「何処か、行き先を調べてるかも」

達海に言われ、律は頷く。律も、同じことを考えていた。もし何処か目的地があるのなら、調べた履歴があるかもしれない。

だが履歴を辿っても、あったのは律の父について書かれたゴシップ記事だけだった。

二人は、無言になった。手掛かりが、何もない。そして外で響く大雨の音が、余計に思考を停止させていく。

（何処に……）

蒼生が行ける場所など、限られている。移動手段は自らの足しかないし、金も持っていない。外は大雨で、その上蒼生はこの屋敷の外の世界を何も知らないし、頼る相手もいない。

（それなのに、一体何処に……）

律は、机の上に残されたカメラを手に取る。特に、意味はなかった。ただそのカメラにだけは、蒼生の思い出が残されている気する。

普段蒼生が好んで花を撮っていたことを、律は知っている。人物は撮らないので、カメラに自分と蒼生の思い出はない。ただ蒼生を探す場所も手段も解らず焦る気持ちを落ち着かせるため。そういう目的で、律はカメラの電源を入れた。

閲覧モードのボタンを押せば、保存されている写真がディスプレイに映る。蒼生が過去に写した写真が、日付とともに流れた。

写真は、全て花だった。景色があることもあるが、それは稀である。花はどれも、あまり代わり映えがしないように見えた。花に造詣《ぞうけい》の深くない律には、僅かな花弁の形や色の違いがわからない。

（よく飽きずに、こんな大量の写真を……）

律は、花と草木しかない写真を進める。だが何枚目かの写真を見たところで、操作する手を止めた。

「これは……」

思わず、律は声を漏らした。

「これは、何の写真だ……？」

呟いた律に反応するように、達海もカメラを覗き込む。だがそこにあるのは、特に珍しくもない花だけだ。

「ああ、蒼生くん、よく花の写真を撮ってたから。何の花なのかは、俺も知らないけど」

「そうじゃない」

律は、画面から視線を外さない。

「確かに、花だけを拡大して撮っていると、よくわからない。だが、少し引きで撮ると、背景が見える」

「背景って言ったって、この敷地内だろ?」

達海は肩を竦める。

「それとも蒼生くんが、この屋敷の外に出て写真を撮ってた履歴があるってこと?」

「いや……」

言葉にしながら、律は考える。

「そういうわけじゃ、ない。だが、こんな場所……こんな色の花が咲いている場所、庭にはないだろう」

「それは、季節によるんじゃないの?」

「違う」

律は、ゆっくりと写真を進める。

途中までは、花が一輪ずつ撮影されていた。背景には門や屋敷がぼかされて写っている。ぼやけていても、律は撮影場所が何処なのかが解った。自分が育った家なのである。長年離れていたとはいえ、子供の頃に暮らした場所を見間違うはずがない。

だが時折、所在がわからないものが混じっていた。見覚えがないようでいて、全く見たことがないわけでもない。

薄青色の花と、背景にある煉瓦の塀。

そのようなもの、探せばこの世界の何処にでもあるだろう。そもそもこの敷地自体が塀に囲われているのだから、おかしなことはない。だが蒼生の写した背景は、何故か律の記憶を揺さぶった。

(何処だ……?)

必死に、記憶を辿った。

(覚えがあるかと言われれば、ない。だが、見たことがないわけでは……)

見たことがあるはずなのに、それが何なのかが解らない。出かかっているのに出ない気持ち悪さを抱えたまま、律は更に画面を進めた。やがて、一本の大きな木の写真に行き当たる。

その木は、葉のひとつも付けず枯れていた。葉を落としている時期というより、そもそも木が死んでいるようである。幹の皮が剥がれ、芽が出る様子もない。その木の上には小さな鳥が止まっており、背景には青い空が見えている。

その写真を見て、律は手を止めた。

「これは、あの庭だ」

ぽつりと、律は呟く。

律の独り言に、達海が反応した。

「えっ、庭？」

「もう、何年も見たことがない。だが、覚えがある」

枯れた木に、覚えがあった。

母親が死んだ後。律は一度だけ、その荒れ果てた庭園を見た。

ソムニフェルムの庭。

そう呼ばれた芥子の園は、全て焼き払われ、鍵と高い塀をもって封印された。荒れ果てたまま放置し、誰もが庭の存在を殺し、存在しないものとしてきた。

だがあの枯れた木が同じ姿で、蒼生のカメラに写っている。

「そうか。あれは、庭の鍵だったんだ」

律は呟くと同時に、カメラを置いて走り出した。

「えっ、ちょっと律！」

急に走り出した律に、達海が驚いて声を上げる。だが、律は止まらなかった。必死に廊下を走り、死んだ母親の部屋に飛び込む。

部屋は、静かだった。ずっと使っていないのだから埃っぽいはずなのに、まるで今も使われている部屋のように美しい。蒼生が、掃除をしていたのだろう。

律は部屋をひっくり返す勢いで、ある物を探し始めた。

蒼生が、肌身離さず首から掛けていた汚い紐。そして先端についていた、小さな鍵。律は、それを探している。

何故蒼生が鍵を持っていたのかは解らない。だが封印した庭のことを思い出すと、そこからは徐々に記憶が蘇った。

あの庭の鍵は律の記憶の限りでは、母親が部屋の何処かに置いていたはずだった。

律は部屋にある引き出しという引き出しを、片っ端から開けた。中には、指輪やブローチが入ったままになっていた。宝飾品だけでなく本や書類も掻き出して、律は目的のものを探す。

(何処だ)

呼吸を荒くして、律は考える。

(あれから、誰も庭には入ってない。誰も触っていないなら、此処にあるはず。あるいは、ないのなら親父の部屋に)

律は、アクセサリーケースを開ける。するとネックレスに混じって紐が掛かっていた。蒼生が首から下げていたものより、ずっと綺麗なものだ。長く、使っていなかったせいだろう。時を止めた貴金属と一緒に、やはり時を止めた鍵がぶら下がっている。

律は、動きを止めた。

探しながらも、記憶にすらなかった鍵が本当に見つかるのか不安だった。いざ見つかると安堵と同時に興奮が湧き、体が震える。

だがそれも一瞬で、律は鍵を手にすると走り出した。

廊下を走り、玄関を抜ける。雨はまだ降っていたが、先ほどより弱くなっていた。

庭園には、長く近づいたことがなかった。近づく必要性もなかったし、何より、朽《く》ちた姿を見たくなかった。母の死を思い出したくなく、母が作った美しい庭園に雑草が茂る姿も見たくなかった。

その悍ましい庭園に、律は走っている。

長い森を抜けると、また雨が弱くなった。先ほどよりも、空が明るくなっている。雲の合間から光が差し込んでおり、もうすぐ雨が止むことが解る。光と雨の中で、律はソムニフェルムの庭の塀を見た。

息が、切れている。

走ったせいであり、興奮のせいでもあった。

庭園の高い塀を見て、少したじろいだ。古びた塀の威圧感と、朽ちた庭園を見たくないという恐怖。それが一瞬、律の足を止めさせる。

だが、律は足を進めた。扉の前まで来ると、手にしていた鍵で錠を開ける。

視界いっぱいに広がる、廃墟のような庭。

それを見ることに律は恐怖を覚えたが、しかし扉を開けて視界に飛び込んできたのは、律が想像したものではなかった。

あるのは、一面の花である。庭の隅まで広がる白い薔薇。それに、背丈も大きさもとりどりの色鮮やかな花。それらが雨の雫を受けながら、きらきらと光っている。

その光景に、律は息を呑んだ。

幻なのではないかと、何度も瞬きをした。だが何度目を閉じても目の前の花は消えることがなく、息をすれば芳しい香りが鼻をつく。

花の間を、律は歩いた。

急がなければならないのに、歩みが遅くなった。まるで異世界にでも迷い込んだかのようで、足元がおぼつかない。

(全て、焼かれたはずだ)

律の記憶では、花どころか草の一本も残さず朽ちていたはずである。だが記憶が幻だったかのように、庭園は美しい姿を見せている。

(どうして……)

だがそれでも、記憶と違わぬものが一つだけあった。中央に植えられた、シンボルツリー。その大きな木だけは朽ちたまま、律の記憶と変わらぬ存在を示している。

弱くなった雨を手で遮りながら、律は枯れ木を見上げた。朽ちた枝先から徐々に根元へ視線を落としていくと、花の海から顔を出すように、何やら塊が見える。それを認識すると、律は再び走り出した。木の下にいたのは、律が探していた人間だ。

「蒼生……」

小さく名を呼んだが、蒼生からの返事はない。

「蒼生！」

叫んで、律は駆け寄った。

蒼生は、ずぶ濡れだった。それに目を閉じていて、名を呼んでも反応がない。

「蒼生！　おい蒼生！」

律は、蒼生を抱き起こす。

身体が、重かった。雨に濡れているためだけでなく、意識がないせいだろう。力のない身体を、律は揺する。だが蒼生はうっすらと目を開けただけで、また動かなくなった。身体が、ひどく冷えている。随分長い間、雨に打たれていたのだろう。見れば、唇が青くなっている。

律は、もう蒼生の名を呼ばなかった。代わりに蒼生を抱き上げると、濡れて重い身体を背負って花の間を歩く。

雨は、だんだんと弱くなっている。雲が風に流れており、差し込む光が増えている。もう少しすれば、虹が見えるだろう。

＊　＊　＊

「医者を呼んでくれ」

屋敷に蒼生を担ぎ込むなり、律は息を切らして言った。

「すぐに、部屋に運んで」

だが焦る律に反し、達海は冷静だった。

「身体が冷えてるでしょ。温めて」

「解った。蒼生の部屋より、俺の部屋がいいだろう。俺が運ぶから、お前は医者を――……」

「律。忘れてるだろうけど、俺も医者だよ。俺が診る」

大病でなければ対応はできる、と達海は言う。

結局、律は達海に任せることにした。とにかく、まず身体を温めなければならない。律は達海と二人で濡れた服を脱がすと、すぐにベッドに寝かせ毛布に包んだ。部屋の暖房を入れ、身体を温める。

「低体温症だね。意識がないのが心配だけど、疲れもあったんだと思う。とにかく、身体

を温めれば大丈夫だよ。意識が戻ったら、温かい飲み物をあげよう。あと、目が覚めてもいきなりどうしてこんなことをしたとか、問い詰めないように」

「そんなことはしない」

「そうだね」

蒼生の呼吸は細いままだった。顔色が悪く、死んでいると言われれば信じてしまうだろう。

「目が覚めたら、また呼んで。少し、身体を摩ってあげるといいかも。一人で大丈夫？」

「大丈夫だ」

律が頷くと、達海は部屋を出て行った。目覚めた時に飲ませるため、白湯《さゆ》をポットに入れて部屋に置いていく。

蒼生と二人になると、律はベッドの横に椅子を置いて座り、眠る蒼生を眺めた。だが目覚める様子がないために、達海の言った通り身体を毛布の上から摩ってやった。触れても、反応はない。そのことに不安を覚えながら、時折、体温を確かめるように律は蒼生の頬に触れた。

蒼生が目覚めたのは、深夜が近くなってからのことである。

「ん……」

小さく声を上げ、布団が動く。がさりという音に、律は落としかけていた瞼を上げた。

「蒼生」

反射的に、律は立ち上がる。

「気がついたのか」

「此処は……」

まだ、視界がぼんやりしているのだろう。蒼生が何度か瞬きをする。

「俺の部屋だ」

事態を理解していない蒼生に、律は説明した。

「体温が落ちていて、意識を失ってた。目が覚めて良かった」

深く息をつくと、律はベッドの横のテーブルに置いていたポットから、カップに白湯を注ぎ置く。

「飲めるか？」

律は起き上がろうとする蒼生を、両手で支えてやる。

「無理に、起きなくていい。水分を取った方がいいと達海が言っていたから、飲めるのなら飲んだ方がいいが」

蒼生は頷いて、起き上がった。テーブルにあったカップを両手で取ったものの、戸惑ったように視線を泳がせる。その理由を、律は何となく察した。

「上手く、死ねなかったとでも思っているのか？」

律が尋ねると、蒼生は解りやすく反応した。一度視線を上げ、すぐに再び俯く。だが、律は蒼生を咎めなかった。

「俺は、お前が生きていてほっとしたよ。お前が見つかって、心底良かったと思った。だが流石に、あんな場所にいるとは思わなかった。よく気づいたと、自分を褒めたくなったよ」

「どうして」

冗談のように言う律に、蒼生が瞳を揺らす。

「どうして、あの庭園にいると気づいたんですか？　あの場所は、悪夢の詰まっている場所だと。二度と、行きたくないと言っていたはずです」

「だから、あの場所を選んだのか」

律はわざとらしく、ため息をつく。

「確かに、そう言った。それは、今でも思ってるよ」

「それなのに、どうして」

「お前の、カメラの中を見たんだ」

律は返す。

「お前のカメラで撮った写真に、覚えのある木があった。もしあの木も花を咲かせていたら、本当に気づかなかったかもしれない」

「あの木？」

「枯れていただろう。あの、コブシの木だ。木が死んでいるから、どんなに手入れをしても葉をつけることがない。その姿が悍ましくて、忘れたくても忘れられなかった」

「そうなんですか」

蒼生は視線を落とし、ゆっくりと瞬きをする。そのまま暫く無言でいたが、やがて顔を上げた。

「ごめんなさい」

まっすぐに目を見て告げる蒼生の謝罪の意味が、律にはわからない。

「何を、謝るんだ」

「律さんがいない間に、消えてしまおうと思っていたのに」

眉を寄せ、蒼生はぽつりと返す。

「こんなことも、上手くできなくて。ごめんなさい」

「蒼生」

律は心底呆れて、深いため息をつく。

「そんなこと、謝る必要はない。それより、勝手にいなくなったことを謝ってくれ。それに、これを置いていっただろう」

律は蒼生が部屋に置いていった、ネックレスを見せる。

「もし死ぬつもりなら、せめて死ぬ時まで持っていてほしかった。俺は、その方が残念だ」

「ずいぶん、高価なものなのではないかと思ったので」

「まぁ、それなりだ。それとも俺の仕事が上手くいっていないから、金の心配をしたのか?」

「そういうわけでは」

「それなら、また着けてもいいか?」

律がチェーンを外してみせると、蒼生は頷いた。正面から後ろに手を回し、律はネックレスを掛ける。蒼生の首元に光が戻り、律はほっとした。

「驚いた」

蒼生から一歩引いてから、律は改めて話を始める。

「あの、庭園だ。俺の記憶では、あの庭園は廃墟になっていたはずだ。もちろん十年以上見ていないから、どんな状態なのかも知らなかった。だが、一度焼き払われてる。あの状態にするのは、簡単なことではなかったはずだ」

蒼生は急に緊張した表情になり、口元をきゅっと締める。その表情を見て、律は確信を持った。

「あれは、蒼生がやったんだな」

「はい」

蒼生は顔を強張らせ、カップを握る手の力を強くする。

「お前が見た時にも、あの庭園は枯れていたのか」

「二度目に見た時は、そうです」

「二度目？」

「最初に見た時は、きっと、芥子の花が咲いていたんだと思います。あの時、僕は子供で。その花が何の花なのか、解りませんでした。でも、一面が白い花で覆われていて、とても綺麗だったことを覚えています。奥には、硝子の温室があって。この世界にこんな綺麗な場所があるんだということを、初めて知りました」

「子供だと……？」

想定していなかった蒼生の話に、律は驚きのあまり目と口を同時に開く。

「子供の頃に、あの庭園に行ったのか」

「はい」

「だが、あの場所は限られた人間しか入ることができなかった」

「そのようです」

「親父が、お前を連れていったのか……？」

律は、今までの話を総合して考える。

「だから、お前はあの庭園の鍵を……」

「いいえ、連れていってくださったのは律さんです」

蒼生の答えに、律は心底驚いた。その様子がおかしかったのか、蒼生が表情を柔らかくする。

「僕が、この屋敷に初めて連れてこられた時でした。自分が売られることがわかっていたので、それが怖くて、逃げ出したんです。このお屋敷が誰のものなのかも解らず、僕はお屋敷の部屋に隠れようとしました。そこで、律さんに出会った。律さんは僕が卑《いや》しい娼婦だなんて知らずに、人から逃げているという僕を、庭園に連れていって匿《かくま》ってくれたんです。丁度その時、律さんも家庭教師から逃げていて。だから、一緒に来いと言われて。そこで初めて、僕はあの庭園に行きました。温室にも、案内していただきました。律さんは、その庭園が特別な場所だと言っていました。とても、大切な場所なのだと。そんな特別な場所の鍵を、その時、律さんは僕に譲ってくれて」

蒼生は懐かしむように、目を細める。

「初めて、人からものを貰いました。それも、そんなに大切なものを。僕はそのことが嬉しくて、誰かに優しくされたのが初めてで、本当に、言葉にできないほど嬉しかったんです。そのあと、結局僕は律さんと一緒に家庭教師に見つかりました。何も知らなかった律さんの家庭教師に、旦那様のところに突き出されたんです。その時に僕は旦那様に見初《みそ》められて、売却されずにこの屋敷に留まることになりました。それから、僕はこのお屋敷で仕事をすることになったんです。仕事はやっぱり苦しくて辛いものでしたけど、それでもいつか、律さんに会えるかもしれないと思って。それを支えに、ずっと生きてきました。もし律さんにもう一度お会いしたら、その時の恩を返したいと」

告白する蒼生に、律は息を呑む。

「そう、だったのか」

律は、記憶を辿ってみる。だが、やはりそのようなことは覚えていない。

「俺は、何も覚えていない」

「ええ、当然です。前にもお伝えした通り、僕にとっては唯一の思い出でも、律さんにとってはそうじゃない」

「お前が首から下げていた鍵は、俺が渡したものだったのか」

「はい。ずっと、僕の宝物でした」

「俺にとって、大切な場所だと言ったから。だから、お前は荒れ果てた庭園を元に戻そうとしたのか」

「律さんがずいぶん前に屋敷を離れたということは、家政婦の方から聞いて知っていました。でも、ある日帰ってきた時にあんな状態の庭園を見たら、律さんが悲しむんじゃないかと思ったんです」

「そのために、お前は仕事の報酬として苗を貰っていた」

「そうです」

蒼生は、視線を落とす。

「それだけが、僕の生《い》き甲斐《がい》だったんです。でもよく考えたら、そんな報酬の花で埋めた庭園なんて、醜いだけだったのかもしれません。でもあの時は、それ以外に手段が見つけられなくて。それに少しずつ庭園が元の姿に近づいていくことが、とても嬉しくて。僕にも、できることがあるんだと思ったんです。本当はそんなもの、律さんにとって必要のないものだったのに」

蒼生は、恥ずかしそうに笑う。

「僕は本当に、何をやっても上手くできないですね」

ごめんなさい、と蒼生は続けようとしたのだろう。

だが、律はさせなかった。

「そうだったのか」

律は、蒼生を抱きしめた。

まだ、少し身体が冷たかった。その身体に熱を伝えるように、律は強く蒼生を抱く。

「何も覚えていなくて、すまない」

蒼生を抱いたままで、律は続ける。

「何も知らなかった」

「そんな、律さんが謝ることでは」

「確かに、俺は庭園のことを覚えていない」

それなのに蒼生が一途に想い続けてくれたことが嬉しくて申し訳なくて、思い出せない自分が不甲斐ない。

「これだけ話をされても、やっぱり覚えていないんだ。だからこれからも、思い出すことはないかもしれない。だが」

無意識に、蒼生を抱く力が強くなる。

「だがそれなら、これから二人で思い出を作ればいい。今度は、もう忘れない。だから、これからも一緒にいてほしい。もう、勝手にいなくならないでくれ」

頼む。

抱きしめ続けていると、蒼生もおずおずと律の背に手を回す。

蒼生の身体は、相変わらず冷たかった。だが長く抱き合っていると体温が溶ける気がして、心地いい。

＊　＊　＊

タイミング悪く達海が部屋に入ってくるのは、それから数十秒後のことである。

その後、律は彰に連絡を取った。

長く音信不通だったが、彰の連絡先は蒼生が貰って持っている。その連絡先を律は無断で盗み、メッセージを入れた。流石にこういう事態になってまで、彰を放っておくわけにいかない。

『もし蒼生に何かあったら、俺はお前を許さない』

律が送ったメッセージは、そんな言葉で始まっている。

『法的な手段も含めて、必ずお前を追い込んでやる。脅迫、名誉毀損、不法侵入、窃盗。罪状はいくらでも作れる。優秀な弁護士をつけて、お前を必ず追い込む』

律はそう彰を牽制しながらも、最後に一言、別の内容も添えた。

『だがもし、まだ一緒に仕事をするつもりがあるなら、連絡をくれ。お前とまた仕事ができる方法がないか、俺も模索したい。そういう道が、本当はあったはずだった』

互いに選べなかっただけで。

結局、彰からの返事はなかった。返信もなければ、蒼生と接触しようとする様子もない。

彰は、全ての縁を切る道を選んだのかもしれない。

その連絡から、二週間後。

律は、マスコミを集めた会見の席にいた。隣には、律よりふた周りほど年上の男が座っている。

男は、大手医療メーカーの代表である。達海と繋がりのあった医師からの紹介を受け、最終的に律たちが契約を締結した会社の人間だった。

この日、律はこの代表とともに記者会見に臨《のぞ》んだ。発表するのは、新しい医療技術開発における二社の業務提携についてである。この業務提携のために、律たちは実に、一ヶ月以上の交渉を続けてきた。それが功をなし、対等な関係をもって提携をするに至ったのだ。

記者会見は順調に進み、予定の一時間を待たずに終わることになった。

主催側の発表の後は、質疑応答に移る。質問の大半は想定通りの内容で、受け答えに困ることもなく終わった。

「では、以上で会見を終了とさせていただきます」

司会の女性が、マイクでアナウンスをする。

「本日の詳しい資料をご希望の方は、お名刺を交換させていただいた方に後日送付をさせていただきます。こちらの会見が終了次第、担当の者にその旨を――……」

女性が話を締めようとする。だがその声に重ねるようにして、手を上げる人間がいた。

「最後にひとつ、質問をいいでしょうか」

今まで、一切の質問をしていなかった男である。

会場は、静まり返った。既にパソコンを閉じ片付けをしていた人間も、改めて開く。まだ何か、情報が出ると思ったのだろう。

「お時間が来ておりますので、追加のご質問は個別の対応とさせてください」

司会の女性が押し通そうとしても、男は怯まなかった。

「桐ヶ谷律さん」

女性の声を無視して、男はマイクもなく言った。

その声に、周囲の記者も振り返った。到底、医療技術の発表に来る記者の風体ではなかった。汚れたジャケットを着た無精髭《ぶしょうひげ》の男は、いかにも別の目的で来ているようである。

そのことは、名指しされた律も解った。だが男の発言を、止めずに聞く。

「以前、貴方のお父様の『事件』について、いくつか報道がありました。ある筋の情報では、貴方の自宅に未だに当時の子供がいるということですが、その件については如何でしょうか」

記者は強い口調で言った。

周囲の記者たちは、ややざわついている。だが、律は動じることはなかった。

「どちらの記者の方か、想像はできますが」

前もって用意していた回答のように滑らかに、律は対応をする。

「この会見の場にはふさわしくない質問のように思えますし、お答えすることはできません。我々の今日の記者発表は、今後外科手術の分野において、より良い医療を提供することを目的としたものです。難しい分野ではありますが、我々は画期的な技術であると確信しています。是非、御社《おんしゃ》にも建設的な記事の執筆をお願いしたいのですが、そういった分野にはご興味がないでしょうか。もしそうなら非常に残念なことですが、貴方がここで無意味に人を貶《おとし》めたところで救える命はありませんし、それどころか医療の未来も、誰かの未来をも奪う可能性があります。そのことを考慮した上で、発言をお願いします」

言うと、記者は黙った。同時に、周囲の記者たちも片付けを再開する。

「では、本日の会見は以上とさせていただきます」

周囲の様子を見て、女性が締め括った。

司会の挨拶に続き、律と隣にいた男が頭を下げる。そして部屋を退出すると、会見は終わった。

会場の袖まで来て、代表は改めて律に向き合う。

「面倒な記者がいたな」

この男は、律の事情を知った上でパートナーに選んでいるため、律の身の上には同情的である。

「だが、いい対応だった」

申し訳なさそうにする律に、男は笑顔を向ける。

「君が引け目を感じる必要は、全くない。暫くはこういう話も付きまとうかもしれないが、君の落ち度じゃない。君の父上のしたことは許されることではないが、それは君の罪じゃない。だから、気を強く持ってほしい。私もスタッフも、君には期待しているよ」

男が右手を差し出す。その手を、律は握った。

「ありがとうございます」

男は律の手を強く握り返すと、笑顔で律の肩を叩いた。


それから、律の会社は軌道に乗った。律たちの持つ技術が本当の意味で認められ、安定した資金提供と援助が受けられるようになったのである。

新しいパートナーは協力的だった。特に律が代表に気に入られたということもあり、何かと気に掛けてくれる。

彰からの接触は、その後もなかった。ただ一言だけ、メッセージがあった。

『もうお前には関わらない。でも謝罪もしない』

連絡があったのはそれきりで、律も返事をしなかった。

律の仕事は、順調である。開発も順調に進み、人員も増やし、同時にオフィスも屋敷から外に移した。会見から半年経った今、社員は九名にまで増えている。その中には年配のベテランもいれば、若い新卒もいる。

それに、蒼生もいた。蒼生は役所で正式に戸籍を得て、今では従業員として働いている。

蒼生がしているのは、事務仕事だった。だが開発者がメインのこの会社では、事務仕事をする人間が貴重である。

初めはもちろん、蒼生は細かな事務仕事に慣れなかった。だが教えれば、すぐに覚えた。

（元々、頭がいいいんだろう）

気遣いができる点で、事務に向いている気がした。他の従業員からの評判も良く、今ではすっかり会社に馴染んでいる。人当たりの良さもあってか、蒼生に懐く人間もいた。深い意味はないのだろうが、何かと蒼生に声を掛け、昼食に誘ったりしている。そういう人間を見かけると、達海はいつも揶揄《からか》った。

「おいおい新人くん、蒼生くんに手ェ出すなよ。蒼生くんは、社長のだから。変なことしたらクビになるよ」

「えっ、社長の？」

「そうそう、言葉の通り社長のだよ。意味わかるよね？」

「え……っ？」

青年は達海の言葉を理解はしたが、流石に驚いたようだった。

だが、それも最初だけのことである。事情を理解すると、それ以上の詮索も、蒼生へのちょっかいもやめた。律の蒼生への過保護ぶりを見ていれば、そういう気も自然と失せるのだろう。

この日も、同じだった。

「おい、蒼生」

昼を少し過ぎた頃、律は蒼生に声を掛ける。

「次の打ち合わせが終わったら、昼飯に行こう。この時間を逃すと、時間がなくなる」

「わかりました」

そういう律と蒼生の会話が、当たり前のように社内には響いている。時間を見つけては、律は蒼生を外に連れ出した。律は蒼生を明らかに特別扱いしているが、周囲の人間は慣れている。

「どこに行くか、考えておいてくれ。お前の行きたいところに行こう。ついでに、帰りに本屋に寄る」

「はい」

「じゃあ、すぐに戻る」

「ちょっと、社長ォ」

蒼生しか相手にしない律に、別の従業員から茶々が入る。

「蒼生くんだけじゃなくて、たまには俺たちも連れてってくださいよ」

誰かが言うと、他の人間も「そうだそうだ」と合《あい》の手《て》を入れる。だが、律は右から左に流した。

「また今度な」

適当にあしらわれ、従業員たちは野次を入れて文句を言う。だが律が会議室に消えていくと、全員が仕事に戻った。ただ一人だけ、蒼生に声を掛ける新人がいる。

「せっかくなんで、高い店選んだ方がいいっすよ」

蒼生は苦笑した。

「そうですね。考えておきます」

ちらりと時計を見て、蒼生は自分のデスクに戻っていく。

オフィスは静かになった。

今日は、天気がいい。ランチタイムに外を歩くには、絶好の日和《ひより》だろう。

■あとがき■

このたびは数ある本の中から『いつかあなたに逢えたなら』をお手に取っていただきまして、本当にありがとうございます。はじめまして、片岡と申します。ちょっとクズな攻めと健気で一生懸命な受けが、苦しみながらハッピーエンドになる話が好きです。

カバーコメントでも書かせていただきましたが、初めての書籍となりました。ものすごく嬉しい反面、何もかもが初めてで、何をするにも緊張しました。結構な頻度で「自分ってこんなに手の掛かる大人だったんだな」と呆然としたり頭を抱えたりしたのですが、無事書き上げることができて良かったです。

自分の作ったキャラクターに絵をつけていただくということも初めてで、イラストを描いてくださったｙｏｃｏ先生には感謝しかありません。美しい……。表紙のイラストを頂いてからは、ずっと見える場所に置いて書いていました。蒼生が儚くて切なくて可愛くて。イラストが持つ雰囲気を、少しでも言葉にできているといいのですが。

本作は、昔聴いたある音楽から連想したお話でした。ラップコアというかオルタナティヴ・ロックというか、とにかく歌詞も含めて全然関係ない曲なのですが、何故か「雨の中を律が走り閉ざされた庭園の扉を開く」というシーンがずっと頭の中にありました。なので、それを形にできて良かったです。この話を書いたからではないのですが、最近週に二回は花屋で花を買っています。花は視覚も嗅覚も癒してくれていいですね。

そして担当様にはとてもお世話に……という言葉ではどうにもならないほどあまりにも手を煩わせまくってしまったのですが、お陰様で楽しく書かせていただきました。ありがとうございました。この楽しさが少しでも読んでくださった方に伝わっているといいなと思います。

最後までお読みいただきまして、ありがとうございました。ご感想など、ひとことでもいただけると大変嬉しいです。またどこかでお会いできますように。

初出
「いつかあなたに逢えたなら」書き下ろし

この本を読んでのご意見、ご感想をお寄せ下さい。
作者への手紙もお待ちしております。

あて先
〒171-0014 東京都豊島区池袋2-41-6 第一シャンボールビル 7階
(株)心交社　ショコラ編集部

いつかあなたに逢えたなら

2019年11月20日　第1刷

著　者:片岡
発行者:林 高弘
発行所:株式会社　心交社
〒171-0014 東京都豊島区池袋2-41-6
第一シャンボールビル 7階
(編集)03-3980-6337 (営業)03-3959-6169
http://www.chocolat_novels.com/
印刷所:図書印刷 株式会社

CHOCOLAT BUNKO

好評発売中！

運命よりも大切なきみへ ～義兄弟オメガバース～

なつめ由寿子

イラスト・みずかねりょう

オメガバース史上、最高の両片想い

実の兄弟ではないが仲の良かった修司と鷹人の関係はある夜を境に変わる。初めての発情期でΩの本能に抗えず、αである鷹人と体を重ねてしまったのだ。「顔も見たくない」と鷹人は家を出るが、5 年後モデルとなり誰もが目を引かれる美形に成長した鷹人と実家の喫茶店で一緒に暮らすことに。修司は過ちを繰り返さないと決意するが、強い独占欲を見せる弟との触れ合いに意識してしまう日々。そんな時、鷹人に映画出演の依頼がきて…？